잊지 않고 남겨두길 잘했어

29CM
카피라이터의
조금은 사적인
카피들

잊지 않고 남겨두길 잘했어

이유미 지음

북라이프
booklife

잊지 않고 남겨두길 잘했어

1판 1쇄 인쇄 2019년 1월 22일
1판 1쇄 발행 2019년 1월 29일

지은이 | 이유미
발행인 | 홍영태
발행처 | 북라이프
등 록 | 제313-2011-96호(2011년 3월 24일)
주 소 | 03991 서울시 마포구 월드컵북로6길 3 이노베이스빌딩 7층
전 화 | (02)338-9449
팩 스 | (02)338-6543
e-Mail | bb@businessbooks.co.kr
홈페이지 | http://www.businessbooks.co.kr
블로그 | http://blog.naver.com/booklife1
페이스북 | thebooklife
ISBN 979-11-88850-40-2 03810

대수롭지 않다고 생각했던 것들에게서
위로받았던 날들

생각 없이 살던 날들에
툭 던져진 한 줄

우산 하나로 마음을 얻으세요.

장난도 싸움이 될 수 있는 날입니다.

우리의 일은 음악입니다.

자반 고등어 있습니다.

강아지 용품을 팔지만 사람을 더 환영

화이트보드에 익숙한 듯 낯선 단어와 문장들이 하나둘 채워
진다. 다른 사람이 쓰는 메시지를 바라보다 짧게 감탄을 하거나
킥킥대기도 한다. 어느새 화이트보드가 이런저런 카피들로 꽉
차버렸다.

자주 이용하는 날씨 어플에 뜨는 메시지, 버스 정류장 옆 전 봇대에 붙은 스티커에 적힌 카피, 골목 <u>끄트</u>머리 가게 유리문에 붙은 A4 종이에 갈겨쓴 주인의 당부. 내가 "우리 주변에서 볼 수 있는 다양한 글을 수집해 오세요."라는 과제를 내주었을 때 수 강생들이 가져온 카피들이다. 내가 낸 숙제에 수강생들은 무심 코 지나치던 담벼락을 고개를 들어 살펴보고 우연히 들른 술집 테이블에 쓰인 주인장의 부탁을 눈여겨봤을 것이다.

그날의 수업 내용은 자신이 채집해온 것도 좋고 다른 사람이 가져온 것도 좋으니 화이트보드에 있는 글 중 마음에 꽂힌 것으 로 한 편의 글을 완성해보는 것이었다. 글쓰기 수업이 끝날 즈 음 나는 이렇게 말했다.

"글을 쓰기로 마음은 먹었는데 뭘 써야 할지 모르겠을 때가 있잖아요. 그럴 땐 오늘처럼 주변에 있는 아무 단어나 문구로 시작하는 글을 쓰는 거예요. 우리는 그 메시지에 대해 생각하는 시간만 조금 가지면 돼요. 생각 없이 지나쳤던 것들이 우리 주 변에는 너무 많거든요. 글감은 널려 있어요. 이제 쓸거리가 없단 말은 쏙 들어가게 될 거예요."

◇ ◇ ◇

지금 서 있는 곳을 두리번거리며 숨은 문구를 발견하는 것은 나의 오래된 습관이다. 카피를 쓰기 시작하면서 목마른 사람이 우물 파는 심정으로 주변의 글자를 관찰하는 버릇이 생겼다. 지하철 광고는 물론 버스 손잡이에 써놓은 안내 문구, 화장실 문에 누군가 끼적여놓은 낙서까지.

처음에는 그런 카피들을 보고 '누가 썼을까? 재미있네' 하고 넘어가다 어느 순간부터 하나둘 모으기 시작했다. 주로 휴대폰 메모장에 기록해두었지만 급할 땐 사진을 찍고 시간이 나면 노트북 메모장에 번호를 달아 텍스트로 옮겨놓았다. 업무와 업무 사이 공허하게 시간이 뜰 때면 이 메모장을 열고 문구를 하나 골라 글 한 편을 썼다. 어쩌면 나도 그냥 지나쳤을 법한 문장들이지만 누군가는 고심해서 썼을 그 메시지를 보며 생각을 했다. 말 그대로 궁리를 한 것이다. 생각 없이 사는 날들이 많던 나에게 그것들은 생각의 계기가 되어주었다.

때로는 말도 글로 다가왔다. 엄마가 아무렇지 않게 내뱉은 말이 천둥 같은 카피로 내게 와 번뜩이기도 하고 처음 듣는 노래 가사에서 인생 한 줄을 건지기도 했다. 연말이면 빼놓을 수 없는 시상식에서 유명 배우가 하는 말을 듣고 까먹을세라 냉큼 받아 적기도 했다.

이 책은 그런 글과 말이 계기가 되어 쓰게 된 길고 짧은 글을 모아 엮은 것이다. 대수롭지 않은 카피와 메시지들을 순간의 귀찮음을 뿌리치고 남겨둔 덕분에 한 꼭지의 글이 시작될 수 있었다.

오늘 아침에는 화장을 하다가 화장지 한 장을 뽑으려는데 화장지가 나오는 구멍 옆에 깨알만 한 글자로 써진 "사용하실 때는 힘 있게 '톡' 뽑아 쓰세요."라는 문구를 읽고 아무도 발견하지 못한 보석을 찾아낸 기분이 들어 흐뭇했다. 이렇듯 우리 주변에는 구석구석 작은 메시지들이 많이 숨어 있다.

사람들은 끊임없이 누군가를 향해 이야기를 던진다. 그 이야기는 당부, 경고, 안내, 환영, 정보 등 다양한 모습을 하고 있다. 하물며 내가 밟고 지나간 길바닥에 붙어 있는 문구라 할지라도 누군가는 고심해서 썼을 것이다. 부디 이 책을 읽고 평소에 보지 않던 틈을 살피는 시간, 별거 아닌 것에서 생각을 시작해보는 동기가 생긴다면 더할 나위 없겠다.

이유미

| 차례 |

작가의 말 생각 없이 살던 날들에 툭 던져진 한 줄 06

PART
1

잊지 않고 생각하길 잘했어

늦은 시작은 없습니다 14 • 꿈과 목표의 차이 18 • 붙여라, 이루어질 것이다! 22 • 예민하기 때문입니다 26 • 엄마가 처음인 사람 30 • 책이 일상의 사물이 될 때 34 • 이케아처럼 쓴다 38 • 내가 듣고 싶은 말 44 • 거절하는 중입니다 50 • 맡길 줄도 알아야지 54 • 그냥 조용히 밥 먹으면 안 되나요 60 • 힘들 때 눈에 더 잘 띄는 힘듦 64 • 나쁜 자리는 없다 68 • 평소와는 다른 말, 평소와는 다른 반응 72 • 가볍게 살고 싶다 76 • 취향으로 기억되는 사람 80 • 끝까지 좀 안 될까? 84

PART
2
그 손 한 번 잡아보길 잘했어

그리운 누군가의 안부를 물을 어떤 타이밍 92 · 잘 듣는다는 것 98 · 기다리라고 해서 미안해 104 · 밖으로 밖으로 110 · 울다 잠든 적 있나요? 114 · 내려놓기 힘들 땐 120 · 벌써 낫은 것 같은 말들 124 · 나쁜 에너지 130 · 보상받고 싶은 날 134 · 가족은 나의 짐 140 · 부자 언니에게 선물하기 144 · 나에게 없는 사람 148 · 그곳에서 함께 한 게 너무 많아 152 · 타의에 의한 혼밥 158 · 뭐가 되는 순간 164

PART
3
놓치지 않고 붙잡아두길 잘했어

늦더라도 제대로 172 · 행복 자랑하기 176 · 살벌한 다이어트 182 · 생각을 부르는 양말 186 · 추석의 추억 190 · 조금 이상한 경고문 194 · 여자가. 남자가 198 · 이 카피 나만 무섭나? 204 · 다름을 인정하는 것 208 · 선생님의 사진 실력 214 · 척 하면 척 218 · 방부터 정리해라 222 · 카피라이터를 홀리는 카피 226 · 손가락이 쑤시는 게 비 오겠네 230 · 언제나 아들이 최고인 세상 234 · 그 족발집은 왜 지나치는 사람을 향해 말할까? 238 · 내 마음을 훔쳐본 한 줄 242 · 생각보다 가까운 거리야 246

참고 도서 252

잊지 않고 생각하길 잘했어

늦은 시작은
없습니다

유희열의 스케치북은 나와 같다

;

어느 금요일 늦은 밤, 텔레비전 채널을 돌리다 〈유희열의 스케치북〉을 우연히 보게 되었다. 마침 400회 특집이었는데, 사전에 나눠준 메모지에 방청객이 짧은 글을 적어 내면 진행자와 게스트가 그걸 골라서 이야기를 나누었다. 언제부턴가 잘 보지 않게 된 프로그램이지만 본인을 취업 준비생이라 밝힌 한 남자의 메모가 인상적이어서 시선을 뗄 수 없었다.

〈유희열의 스케치북〉은 나와 같다
너무 늦게 시작한다

멍하니 앉아 텔레비전을 보던 나뿐만 아니라 텔레비전 안의 진행자와 게스트 또한 그 메시지에 잠시 숨을 멈추었다. 스케치 북이 늦게 시작하는 건 맞는데 그게 왜 본인과 같으냐는 유희열 의 질문에 메시지의 당사자는 '늦은 나이에 취업을 준비하려니 좀 힘들다'는 말을 꺼냈다.

◇ ◇ ◇

늦은 때, 늦은 시작. 늦는다는 건 불안하다. 남들보다 뒤처지 는 것 같고 끝까지 도달하지 못할 것만 같다. 나는 늘 제때를 당 연시해왔다. 제때 학교를 졸업했고 남들 취업할 때 취업했으며 살짝 늦었나 싶기도 하지만 결혼과 출산도 거의 제 시기에 했다.

살면서 그 누구보다 늦춰진다는 걸 못 견뎌왔기 때문에 휴학 한 번 못 했다. 백수 생활이 아예 없었던 건 아니지만 그마저도 이직 사이 아주 잠깐이었을 뿐 내가 진짜 하고 싶은 일에 대해 깊게 고민해보고 경험할 시간을 갖지 않았다. 결혼도 마찬가지 다. 나는 가끔 농담처럼 그때 결혼하지 않았다면 지금껏 결혼하 지 않았을 거라 말하곤 하는데, 그만큼 인생에서 때가 중요했던 나는 지금이 아니면 결혼하지 못할 것 같아 덜컥 결혼했고 우물 쭈물하다가 아이도 낳았다.

얼마 전 친정엄마가 사촌 동생이 대학원에 들어갔다는 소리를 했다. 그 말을 듣고 거의 반자동으로 "아니, 걔는 취업은 언제 하려고 그래?"라는 말을 내뱉은 나를 보고 다시 한 번 '아, 나는 정말 시기에 민감한 인간이구나' 싶었다. 제때라는 게 어디 있다고. 다 자기 속도에 맞춰가면 되는 거지.

취업에 자꾸 뒤처져 늘어지는 것을 두려워하는 사람이 있는가 하면 너무 뒤를 돌아볼 겨를 없이 취업해버려서 후회하는 사람도 있다. 어느 것 하나 옳다 그르다 판단할 순 없다. 우리는 그저 자기만의 속도가 옳다고 믿고 가면 된다. 삶의 때란 프로그램 정규 시간처럼 정해질 수 없다. 〈유희열의 스케치북〉이 늦게 시작하는 건 맞지만 당신은 결코 늦은 게 아니다.

꿈과 목표의
차이

꿈꾸는 대(大)로 가라, 목표한 대(大)로 가라!

최근 나와 친한 동료들이 자꾸 이직을 하니 다른 동료들이 내 안부에 대해 은근히 걱정하는 투로 묻는다.

"유미님은 어디 안 갈 거죠?"

사실 지금까지 딱히 이직을 생각해본 적은 없다. 하지만 육아휴직이 끝나고 회사에 복귀하면서 나름대로 세웠던 계획이 있다. 직장은 아이가 초등학교 가기 전까지만 다닌다는 것. 그 뒤로 오래전부터 꿈꿔왔던 책방지기에 도전하고 싶다. 아이가 초등학교에 들어가면 아무래도 엄마의 손길을 많이 필요로 하니까 직장보다는 시간을 좀 더 자유롭게 쓸 수 있는 책방을 운영하고자 하는 것이다.

요즘은 내 인생 통틀어 가장 바쁜 시기가 아닌가 싶을 정도로 정신이 없다. 워킹맘인 나는 그만큼 눈치 볼 일이 늘어났다. 남편의 야근과 내 강연이 겹치면 자연스럽게 친정엄마나 언니에게 아이를 맡겨야 한다. 그럴 때면 나도 눈치껏 언니가 약속이 있어 학원이 끝난 조카를 못 데리러 갈 때 대신 가겠다고 자청한다.

어느 화창한 주말 오후도 그랬다. 복잡하기로 소문난 학원가에 조카를 데리러 갔다. 이중으로 주차된 도로에는 아이를 태우러 온 학부모의 차와 학원 차들이 쫙 늘어서 있었다.

빽빽이 들어선 생소한 이름의 학원 간판 중 한 문구가 눈에 들어왔다.

꿈꾸는 대(大)로 가라,
목표한 대(大)로 가라!

꿈꾸는 것과 목표하는 것의 차이는 뭘까? 차이가 없는 게 맞는 걸까? 나의 꿈과 목표는 무엇이었을까? 살면서 글쓰기를 목표로 한 적은 없었다. '몇 년 안에 책을 몇 권 내야지' 하고 목표를 세운 적도 없다. 여전히 나의 꿈은 책방 주인이다. 그러고 보면 나는 목표나 꿈을 이루진 못한 것이다.

글을 잘 써야겠다고 목표를 세운들 글이 잘 써지지는 않을 것이다. 오히려 그 목표가 부담스러워서 한 글자 쓰기도 두려워질 것만 같다. 지금까지 나는 쓰고 싶어서 쓰고, 재미있으니까 쓰고, 반응이 궁금하니까 썼다. 우연히 본 대학 입시 학원의 홍보 문구처럼 하는 대로 하다 보니 그렇게 됐다.

꿈과 목표를 떠올렸을 때 머릿속에 그려지는 이미지가 있다. 꿈은 책상 앞에 앉거나 침대 위에 누워 눈을 이리저리 굴리며 입가엔 미소를 띠고 흥미로운 궁리를 하는 사람이 떠오른다. 하지만 목표는 앞만 보고 달리도록 눈가리개를 한 말이 떠오른다. 지극히 개인적인 인상이다. 꿈꾸는 대로 가는 사람은 되고 싶어도 목표한 대로 가는 사람은 되고 싶지 않다.

학원 건물을 우르르 나서는 아이들 사이로 하늘색 테 안경을 쓴 똘망똘망하게 생긴 조카가 달려왔다. 평소에는 안 그러다가 엄마가 없는 자리에선 나에게 괜히 존댓말을 쓰는 귀여운 녀석. 그렇게 집으로 돌아가는 길, 조수석에 올라탄 조카에게 꿈을 묻고 싶지 목표를 묻고 싶진 않다고 생각했다.

붙여라,
이뤄질 것이다!

붙이는 만큼 이루어진다!

공부 못하는 애들이 독서실을 끊고 제일 먼저 하는 게 책상 칸막이에 다짐 같은 걸 적어서 붙이는 것이다. 남 이야기하듯 하고 있지만 사실 내 경험담이다.

나는 책상 앞에 메모지 붙이길 좋아한다. 학창시절에는 학습 목표나 다짐, 계획을 적었다면 직장인인 지금은 새겨두고 싶은 명언 혹은 좋아하는 작가의 책에서 읽은 글귀 같은 것들을 써서 파티션에 다닥다닥 붙여두었다. 주로 글쓰기에 관한 것들로, 회사에서 자리를 옮길 때마다 그 메모를 떼는 것도 일이다. 그렇게 뗀 메모지를 다시 붙이느냐고? 아니, 깔끔하게 새로 시작한다.

포스트잇이 다 떨어졌다. 퇴근길 문구점에 들러 노란색 3M 포스트잇을 샀다. 투명한 비닐 포장지를 막 뜯으려는데 거기 적

흰 작은 글씨가 나의 레이더에 들어왔다.

붙이는 만큼 이루어진다!

와우, 그렇지! 붙이는 만큼 이루어지지! 파티션이 빼곡해질
정도로 다닥다닥 메모를 붙인 명언 중독자 같은 나의 취향을 인
정해주는 문구에 나도 모르게 흐뭇해졌다. 지금 내 책상에 붙어
있는 문구들은 이렇다.

글쓰기는 단어의 일이다.
작가는 오늘 아침에 글을 쓴 사람!
매일 일정량 쓰기!
메모를 문장으로, 문장을 문단으로.
삶은 디테일이 없으면 아무것도 아니다.
잘 아는 이야기만 편하게 쓰자!
나는 왜 쓸까요?

얼마 전 오래된 책《생각의 일요일들》을 펼쳤다. 은희경 작
가의 산문집이다. 그중 '내 책상 앞의 포스트잇'이란 꼭지에는

작가의 책상에 붙은 포스트잇 메모가 별다른 설명 없이 쭉 나열되어 있다. 내가 파티션에 붙인 메모 중 '잘 아는 이야기만 편하게 쓰자!'는 그녀의 포스트잇에서 베낀 것이다.

또 다른 인상적인 메모는 "어떻게 그렇게 무정해? 괜찮다고 문자라도 보내줄 것이지."다. 누군가에게 문자를 보내놓고 답장 없는 게 서운해 글로 써놓은 것이려나. 속으로 뭔가 답답해서 글로 표출하는 행동, 100퍼센트 공감한다.

소원을 종이에 적어 지갑에 넣고 다니면 이뤄진다는 말이 있다. 단순히 갖고 다니는 것이 포인트가 아니라 갖고 다니면서 자주 들여다보는 것이 핵심이다. 원하는 바를 자주 들여다보면 자연스럽게 이뤄지는 방향으로 흘러간다(그렇다, 온 우주가 나를 도와준다!). 오래전 이 이야기를 어느 책에서 읽고 곧장 포스트잇에 당시 나의 가장 큰 소원이었던 "내 집을 갖게 된다!"를 써서 지갑에 넣고 다녔던 기억이 난다.

책상 앞에 붙이는 포스트잇도 마찬가지다. 하루 중 가장 많은 시간을 보내는 곳에 붙인 포스트잇 한 장이 소원 성취행 티켓이 될지도 모른다. 5개월 후면 회사가 다른 건물로 이사를 한다. 바라건대 파티션이 앉은키보다 높았으면 좋겠다. 더 많은 소원을 잔뜩 붙일 수 있게.

예민하기
때문입니다

그거 다 손님이 예민해서 그래요

지난주 토요일 동네 대중목욕탕에 갔다. 토요일 오후 네 시의 목욕탕은 생각보다 한산했다. 경험상 주말은 한두 시가 가장 북적인다.

때 미는 건 세신사에게 맡기기 때문에 목욕탕에 들어가서 왼쪽에 있는 세신 코너의 이모님께 2만 원과 옷장 키를 넘겼다. 이모님은 때를 불리고 오라는 눈짓을 보냈다.

가볍게 몸에 물을 뿌리고 이모님이 가리키는 세신침대 위에 누웠다. 절차대로 때를 밀고 마지막에는 마사지를 해주시는데 오일 바른 내 몸을 구석구석 문지르던 이모님이 말했다.

"속이 많이 안 좋네. 음… 장도 안 좋군."

어깨가 안 좋다는 이야기는 자주 듣는다. 뭉쳐 있는 게 눈에 띄기 때문인데, 남편은 그런 내 어깨를 보며 어깨가 화나 있다고 말한다. 그런데 속병이 많다는 이야기는 처음 듣는다. 잠시 후 목 근육을 마사지하던 이모님이 말을 잇는다.

"입이랑 코감기도 많이 걸리네."

헙, 세신사가 아니라 의사신가? 소화기에 이어 비염 심한 것까지 알아채는 게 놀라워 되물었다.

"어쩜 그렇게 잘 아세요?"

"하도 사람 몸을 많이 만지니까. 웬만한 건 다 알지!"

안 그래도 소화가 되지 않아 소화제를 달고 산다. 얼마 전 건강검진에서도 만성위염이라는 (당연한) 진단을 받았다. 자주 체하고 속은 늘 불편하다. 그래서 요즘에는 한약도 먹고 있다. 작정하고 한의원에 가 진맥을 짚고 진찰을 받아 석 달 치 약을 지었다. 소화제나 진통제로 그때그때 통증을 잊기보단 완전히 낫고 싶었다.

소화가 안 되는 이유를 몰라서 약을 먹는 건 아니다. 아무리 좋은 약을 먹어도 습관을 고치지 않으면 내 병은 낫지 않는다는 걸 누구보다도 잘 안다. 일단 나는 남보다 급하게 먹고 규칙적으로 식사하지 않으며 한 번에 많이 먹는다.

잘 걷지도 않는다. 운동은커녕 서 있는 것조차 싫어하니 소화가 안 될 수밖에.《소중한 것은 모두 일상 속에 있다》에서 오노코로 신페이는 "두 다리로 걷는 것은 인류에게 자유로운 손과 폭넓은 시야를 주었고 머리를 들게 해 식도와 기도의 복잡한 구조 변화를 촉진시켰다."고 했다. 그러니까 나는 늘 식도와 기도가 구겨진 상태로 있었던 것.

그날 내 몸에 대해 이런저런 이야기를 해주시던 이모님이 맨 마지막에 결정타를 날린 게 있다.

그거 다 손님이
예민해서 그래요

밥을 먹을 때 느끼는 기분이 소화와 흡수에 미치는 영향은 생각 이상으로 크다. 오노코로도 그런 이야기를 했다. 짜증을 내면서 먹으면 음식물이 제대로 소화되지 않은 채 장으로 들어가고, 불안과 공포를 느끼면서 먹으면 음식물이 위에서 좀처럼 움직이지 않는다고. 훌륭한 재료나 요리사의 솜씨가 아닌 '나의 기분'이 음식을 맛있게 만든다는 것이다.

내 어깨를 보고 화난 어깨라고 남편이 놀리는 것도, 윗배가 늘 볼록 튀어나와 있는 것도 예민함 때문임을 부정할 수 없다. 느긋하게 마음을 먹고, 천천히 많이 걷고, 자주 서 있어야겠다.

엄마가
처음인 사람

엄마가 뭘 잘못한 건가 싶어 걱정하게 돼

2015년, 아이를 낳고 집에서 육아휴직 기간을 보내던 때의 일이다. 이제 막 산후조리원에서 나온 참이었고 나도 엄마가 처음인지라 뭘 어떻게 해야 하는 건지 잘 모르지만 어찌어찌 하루를 이어나가던 중이었다.

사실 다른 엄마들은 산후조리원에 있을 때가 제일 편했다고 한다. 물론 몸이 편했던 건 맞지만 나는 내내 어딘가 불안하고 마음이 편치 않았다. 그저 빨리 여길 나갔으면 좋겠다는 생각뿐이었다. 다른 엄마들과 어울리기도 하고 다양한 활동도 적극적으로 했다면 좋았을 텐데, 당시에는 만사가 귀찮았다. 이제부턴 엄마들과 더 친해져야 한다는 강박과 아이 위주로 내 삶이 돌아가야 된다는 생각 때문에 현기증이 났다. 게다가 이제는 아이도 덜

컥 세상에 나왔으니 빼도 박도 못한다는 현실이 못내 갑갑했다.

조리원을 나온 후 친정엄마가 이틀에 한 번 꼴로 집에 와 도와주었지만 그래도 모든 게 서툴고 다급하던 때였다. 어느 날 아이의 기저귀를 갈아주다가 물티슈 케이스에 붙은 스티커에 인쇄된 문구가 나를 욱하게 만들었다.

엄마가 뭘 잘못한 건가 싶어
걱정하게 돼…

배경에는 당시 인기 있던 작가의 일러스트가 그려져 있었는데, 아이를 업은 엄마가 고개를 죄인처럼 푹 숙이고 훌쩍이는 모습이었다. 나는 이 문구를 보고 말 그대로 화딱지가 났다. 왜 여기저기서 엄마를 죄인 취급하는가. 하물며 물티슈에까지 이런 카피를 넣는 저의가 뭔가.

아무리 능숙한 엄마라도 아이가 울음을 그치지 않을 때는 무슨 문제가 있는 건 아닌지 애가 탄다. 뭘 잘못 먹여서, 어디를 불편하게 해서 그런 건 아닐까 불안하고 초조한 건 엄마인 내가 제일 심하다. 그럴 때 하루에도 수십 번씩 보는 물티슈 케이스에 적힌 이런 문구보다 '잘하고 있어, 괜찮아. 그 정도면 훌륭해'

정도의 카피가 더 위로와 힘이 되지 않을까?

◇ ◇ ◇

엄마가 처음인 사람들은 많이 외롭다. 특히 남편이 출근하고 집에 덩그러니 아이와 단둘이 있으면 우주에 혼자 남겨진 기분이 든다. 아이도 시간이 갈수록 내 가족이란 느낌이 드는 거지 처음에는 그저 낯설고 어려운 존재이기만 하다.

나는 아이를 키울 자신이 없어지거나 내가 잘하고 있는지 걱정될 때, 물티슈 케이스에 그려진 사람처럼 엄마라는 현실에 너무 빠지기보다 나의 원래 삶, 즉 아이가 없던 시절에 내가 누렸던 것들을 다시 찾기 시작했다. 책을 읽고 글을 쓰고 팟캐스트를 듣고 언니와 카페에서 만나 수다를 떨며 갑자기 내 삶에 들이닥친 변화를 천천히 받아들여 진짜 내 생활로 흡수되게 하고 싶었다.

아이가 뒷전이란 게 아니다. 온전히 아이가 전부인 삶은 살지 않겠다는 굳은 의지다. 아이를 위해서도 그게 옳을 테니.

책이 일상의
사물이 될 때

그럴 때 책은 강력한 우군이 된다

얼마 전 다짐 하나를 했다. 바로 책을 참지 않겠다는 것. 그렇다, 읽고 싶은 책을 참지 않고 사겠다는 말이다. '더는 찝찝한 마음으로 책을 사지 않겠어!'라는 선포인 것이다.

나는 수시로 인터넷 서점을 둘러보다가 끌리는 책이 있으면 장바구니에 담아놓는다(현재 237권이 담겨있다). 당장 펼쳐보고 싶은 책은 총알 배송도 기다리지 못하고 출근하자마자 회사 근처에 있는 '땡스북스'라는 서점으로 곧장 달려간다. 그다음 사려고 한 책 외에 눈에 띄는 다른 책 한두 권도 꼭 같이 산다.

우리 집에는 정말 책이 사방에 널려 있다. 내가 아무 때고 책을 펼쳐보기 때문이다. 거실 테이블 위는 물론이고 공기청정기, 싱크대, 침대 위와 욕실까지 곳곳에 책이 놓여 있다.

이렇게 읽어야 할 책은 산더미처럼 쌓여가는데 좀처럼 읽을 시간이 없다. 그래서 때로는 죄책감에 시달리기도 한다. 가장 마음이 무거울 때는 아이에게 밥을 먹이거나 휴대폰으로 동영상을 틀어주고 독서할 때다. 미안한 마음이 들지만 책을 손에서 내려놓을 수가 없다.

이렇게 어딘가 불편한 마음으로 책을 읽다가 번역가이자 작가인 박산호의 에세이 《어른에게도 어른이 필요하다》에서 위로가 되는 문장을 발견했다.

책을 읽어야 한다는 강박관념 없이
책이 머그잔이나 베개나 핸드폰과 같은
일상의 사물이 될 때,
그럴 때 책은 강력한 우군이 된다

_박산호, 《어른에게도 어른이 필요하다》

◇ ◇ ◇

《어른에게도 어른이 필요하다》에서 저자는 치열하고 삭막한 시대에 책을 읽어야 하는 이유가 '책이란 묵묵히 옆에 있어줄 수 있는 유일한 친구'기 때문이라고 한다. 아이들이 부모에게서 독립해 자기만의 생을 꾸려가려고 할 때 책이 그 아이를 지켜줄 수 있는 만능 도구이자 믿을 만한 친구, 어려움을 극복할 무기가 된다는 것이다.

조선 후기의 유명한 시인이자 다독으로도 널리 알려진 백곡 김득신은 그 시대 유명한 학자들 사이에서도 늦게 글공부를 시작했다고 한다. 어린 시절 천연두를 앓았기 때문이다. 그런 김득신에게 그의 아버지는 "득신아, 학문의 성취가 늦어도 성공할 수 있다. 읽고 또 읽으면 대문장가가 될 수 있다."라고 말했단다. 아버지의 가르침대로 그는 한 번 읽은 책을 1만 번 이상 반복해서 읽었고 후대에 많은 시를 남겼다(같은 책을 두 번 읽지 않는 나로선 정말 상상하지도 못할 일이다).

나도 대학생이 되어서야 독서의 맛을 알게 된 늦깎이 독서광이다. 힘든 일이 생길 때 책에서 많은 위로를 받았고 나보다 먼저 어려움을 겪어본 사람들의 이야기를 읽으며 헤쳐나갈 길을 찾았다. 아이가 어릴 때부터 책에 빠져 사는 걸 원하지는 않는다. 하지만 아이도 나처럼 집 안 여기저기 밥그릇처럼, 베개처럼, 수건처럼 놓여 일상의 사물이 된 책과 친구가 될 날이 오리라 믿는다. 그전에 책에 빠져서 많이 놀아주지 못하는 엄마를 너그러이 이해해주길.

이케아처럼
쓴다

혼자서도 할 수 있지만 꼭 모든 걸 직접 할 필요는 없어요 입을 건 없는데 옷은 넘쳐난다. 수납장의 공간이 턱없이 부족해져 대체할 가구를 보러 이케아에 간 참이었다. 여기저기 쇼룸을 돌아다니며 테이블과 서랍장을 보던 남편과 나는 마음에 드는 원목장 앞에 서서 고민했다.

그 원목장의 디자인은 마음에 들었지만 완제품이 거의 없는 이케아 제품의 특성상 만드는 것을 담당하는 남편의 판단이 중요했다. 신혼 때부터 이케아 제품을 많이 사봐서 웬만한 건 다 조립해본 그도 이번 원목장은 녹록하지 않은 상대인 듯했다.

그에게 좀 더 생각할 시간을 주고 주변을 돌아보던 중이었다. 거실 쇼룸 중 한 곳에 이런 카피가 붙어 있었다.

집 안에서
모닥불을 피울 순 없지만…

나는 카피에 일상어 넣는 걸 좋아한다. 단어뿐만 아니라 문체에도 우리가 평소에 쓰는 말투를 넣길 즐긴다. 이케아 곳곳에 써 있는 카피도 대부분 그렇기 때문에 읽는 재미가 있다.

나는 무릇 카피는 디자인의 한 요소일 게 아니라 이케아의 카피처럼 글로써 단독으로 존재해야 한다고 생각한다. 그런 카피는 아무런 장식 없이 흰 바탕에 검정색 글자로만 써 있어도 눈에 띈다. 당연히 글만 보이기 때문에 오히려 더 돋보인다. "집 안에서 모닥불을 피울 수 없지만…"으로 시작하는 글에는 조금 작고 얇은 글씨로 이렇게 쓰여 있었다.

따뜻한 빛을 내는 탁상스탠드와
플로어스탠드를 모아두면
모닥불을 피워놓은 것처럼
따스하고 아늑한 느낌을 연출할 수 있어요

이처럼 카피는 이 물건이 소비자의 생활에 들어갔을 때 어떤 모습일지를 먼저 보여주고 제안해야 한다. 이런 직업병 같으니, 주저리주저리 또 설명하고 있네.

어쨌거나 인상적이다. 카피는 명료해야 한다는 고정관념을 깨고 과감하게 말줄임표를 넣어서 대화를 건네는 것처럼 표현한 점도 마음에 든다. 너무 많은 강요를 당하고 있는 요즘, 넌지시 제안을 받으면 괜히 마음까지 놓인다.

◇ ◇ ◇

남편은 그 원목장을 사기로 결정했다. 만든 후의 몸살은 따 놓은 당상이다. 원목장을 카트에 담기 위해 찾으러 가는 길, 초대형 현수막에 적힌 카피를 읽었다.

혼자서도 할 수 있지만
꼭 모든 걸 직접 할 필요는 없어요

'모든 걸 직접 할 필요는 없다'는 문장에 한참 시선이 머물렀다. 다양한 서비스를 이용하라는 내용을 이런 식으로 풀어내다니. '당신은 원래 잘하지만'이란 단서도 빼놓지 않았다. 고객을

높이 평가하는 멘트다.

아이에게 뭔가를 권유할 때도 이와 같은 방법이 참 좋다. 아이가 네 살 정도 되면 무턱대고 혼자 하겠다며 생떼를 부린다. 그럴 때 나는 아이에게 "너 혼자서도 잘하는 거 다 알지만 이번은 처음이니까 우리가 도와줄게."라고 이야기한다. 반면 "넌 못해! 이리 내놔. 엄마가 해줄 테니."라고 말하면 아이들은 100퍼센트 본인이 직접 하겠다며 고집을 피울 것이다. 모든 아이에게 다 먹히는 방법은 아니지만 시도해보는 것도 나쁘지 않다. 이케아식(?) 말하기 말이다.

◇ ◇ ◇

집에 돌아오니 밤 열한 시가 넘었다. 남편은 서재의 책장을 만들기 시작했고 새벽 세 시에 완성했다. 다음 날 그는 원목장을 무려 다섯 시간 동안 조립했다.

나는 끙끙대는 남편을 보며 '우리가 그 돈을 주고 다른 곳에서 완제품을 샀으면 어땠을까?' 생각했다(남편이 너무 힘들어해서는 아니다). 사실 완제품도 아닌 조립품이건만 가격이 그리 저렴하지도 않았다. 생각을 이어가던 찰나 내 머릿속에는 '경험'이라는 단어가 스쳤다.

만져보지도 않고 인터넷으로 가구를 사는 시대다. 그에 비해 이케아에서는 매장에 직접 가서 내가 사려는 가구를 다른 가구와 비교해보고 발품을 팔아 실제 집과 비슷하게 꾸며놓은 쇼룸을 구경한다. 아래층에 내려가 물건을 구매하고 낑낑거리며 차에 싣고 다시 낑낑거리며 5층 집에 올린다. 일일이 포장을 뜯고 드라이버와 망치를 써가며 뚝딱뚝딱 가구를 만든다. 아랫집에서 뭐라고 할까 긴장되는 쫄깃함, 드디어 완성하고 제 위치에 놓았을 때의 희열은 물건 값을 떠나 내가 겪은 소중한 경험이 된다. 모르긴 몰라도 그 원목장을 대수롭지 않게 버리는 날이 가까운 미래에는 오지 않을 것이다.

내가
듣고 싶은 말

너 예뻐졌구나?

얼마 전 나는 내 인생에서 아주 중대한 결심 하나를 했다. 어릴 때부터 내게는 콤플렉스가 하나 있는데 치열이 그리 고르지 않다는 거였다. 그래서인지 웃는 모습이 예쁘고 매력적인 사람들이 그렇게 부러울 수 없었다.

결국 스물두 살에 아르바이트로 돈을 벌어 처음으로 치과에서 치료가 아닌 미용의 목적으로 앞니를 건드렸다. 삐뚤게 난 앞니 하나를 예쁘게 다듬는 시술이었다. 그로부터 약 2년 뒤에는 어설프게 다른 나머지 앞니가 보기 싫어 앞니 두 개를 아예 새로 깎고 다듬어 씌우는 라미네이트 시술을 받았다.

그런데 이 라미네이트의 수명이 10년 정도란다. 그 정도 세월이 지나면 치아가 착색되고 내부가 썩을 수도 있어 다른 것으

45

로 교체해줘야 한다. 나의 책《문장 수집 생활》에서도 치약 카피를 설명하며 라미네이트 이야기를 한 적이 있다. 개그맨 강유미의 말을 인용했는데, 그녀는 예전의 삐뚤삐뚤한 치아로 돌아갈 수 있다면 전 재산을 내놓겠다고 했다. 그만큼 미용 목적의 치아 삭제가 딱히 좋다고만 할 수는 없다.

나도 일정 부분 공감은 하지만 예뻐지고 싶은 게 우선이었다. 그리고 라미네이트를 한 지 딱 10년이 지난 올해, 거금을 들여 교체하기로 했다. 교체와 더불어 다른 네 개의 치아까지 예쁘게 만드는 시술을 하기로 마음먹고 치과에 상담 날짜를 잡았다.

사실 라미네이트를 다시 하기로 결정하는 게 쉽진 않았다. 비용이 만만치 않기 때문이다. 얼마인지 밝히긴 어렵지만(왜 못 밝히는지 모르겠지만 말 못 하겠다) 월급쟁이인 나의 소득 수준에는 엄두가 나지 않았다. 하지만 너무 하고 싶었다. 돈이 없다면 깨끗이 포기라도 하겠지만 내게는 책을 출간해서 얻은 나만의 돈, 인세가 있었다. 남편은 나의 인세와 강연, 강의료에 대해 터치하지 않는다. 갚아야 할 빚이 있지만 나는 과감히 이 돈을 나에게 투자하기로 마음 먹고 남편에게 설득을 빙자해 통보했다.

예상대로 남편은 나를 이해하지 못하며 순순히 허락(?)하지 않았다. 그의 주장은 돈의 문제라기보다 '굳이 이제 와서 (결혼도 한 네가, 남편인 내가 괜찮다는데) 뭘 얼마나 예뻐지겠다고 그걸 해야겠느냐'는 쪽에 가까웠다. 나는 성질을 내며 반박했다.

"이건 내가 당신에게 허락받을 일이 아닌 것 같은데?"

남편은 '내가 무슨 말을 하겠니'라는 어이없는 표정으로 백기를 들었다.

시술 날짜를 잡아놓고 하루하루 설레는 마음으로 지냈다. 그것만 하고 나면 완전히 드라마틱한 인생이 펼쳐질 거라 생각했다. 나는 예쁘게 웃을 수 있고, 사람들은 나의 아름다운 미소를 알아봐주고, 그럼으로써 돈을 투자한 의미가 생기게 되고, 나는 또 행복해지고… 그런 선순환?

하지만 정말 말도 안 되게 사람들은 내가 시술을 받았다는 사실을 알아채지 못했다. 시술하기 전 찾아본 '남들은 잘 못 알아보지만 저는 너무 행복해요'라는 후기가 진짜였던 것이다. 그래, 지금도 행복하긴 하지만 행여나 뭔가 달라졌다고 알아봐주면 더 좋을 텐데….

희고 예쁜 치아를 만들고 집에 돌아왔는데 남편조차 딱히 눈치채지 못했다. 내가 그날 치과에 갔다 왔다고 말하지 않았으면 아직도 몰랐을 것이다. 남자들은 진짜로 아내가 머리카락을 자르거나 파마를 하고 와도 어디가 바뀌었는지 아예 모른다. 삭발

하거나 눈썹을 밀고 와야 알아봐줄는지.

다음 날 출근해서 나름 설레는 기분으로 회의에 참석했다. 뭐 몇 마디 안 하긴 했지만 농담 따먹기 타이밍에 평소보다 조금 활짝 웃었는데 사람들이 못 알아봤다.

심지어 우리 엄마도 몰라봤다. 점점 좌절했다. 사람들은 정말 타인에게 관심이 없구나, 엉엉!

며칠 뒤 퇴근하고 아이를 어린이집에서 데려오기 위해 버스를 타고 가는 중이었다. 큰돈 쓰고 셀프 만족에 그쳐야 하는 건가 하며 망연자실한 심정으로 창밖을 보는데 반대쪽 차선에 있는 버스 옆구리 광고에 이런 문구가 운명처럼 눈에 띄었다.

너
예뻐졌구나?

성형외과 광고 카피였다. 타이밍 참 기가 막히다. 누가 쓴 광고 카피인지 성형수술해보고 사람들이 알아봐주지 않아 속상한 마음을 잘도 읽어냈구나. 성형한 티가 너무 나는 것도 그리 원하는 바는 아니지만 어딘가 달라졌다는 것 정도는 눈치채주면 얼마나 좋을까?

그 시술을 한 지 거의 한 달이 지났다. 나에게 어딘가 달라졌다는 말을 한 사람은 단 한 명도 없었다. 그렇다면 나는 그냥 살아도 괜찮았을까? 그건 정말 나만의 콤플렉스였나? 빚이나 갚을 걸 그랬나?

거절하는
중입니다

혹시 당신에게 쉬는 시간을 주었나요?

；

사무실 내 탁상 달력을 보면 숫자마다 말 그대로 험난하게 가위 표가 그어져 있다. 그 가위표는 내가 하나씩 소화해낸 스케줄이 다. 어떤 가위표는 얼른 끝내고 싶은 마음에 그날이 되지도 않았는데 하루 전날 미리 표시를 한 것도 있다.

일주일에 다섯 번이나 강연을 한 적도 있었다. 매주, 격주로 진행하는 강의와 글쓰기가 기본으로 깔려 있는 상태에서 북토크 같은 스케줄을 잡다 보니 이런 일이 벌어졌다. 이 모든 스케줄은 퇴근 후에 행해지는 것들이었고 집에 돌아간다 한들 육아에서 자유로울 수 없으니 내가 생각해도 참 기특하게 펑크 한 번 내지 않고 많은 일들을 해치웠다.

사실 그 많은 스케줄 중 누군가 나에게 강요한 것은 하나도 없었다. 내가 못하겠다고 하면 그만인 일들이었지만 나는 거절하지 않고 무조건 한다고 했다. 일정이 안 맞으면 양해를 구해서 날짜를 바꿔가며 했다. 이런 빡빡한 스케줄을 강행한 데에는 몇몇 이유가 있었지만 우선은 책을 많이 팔고 싶은 욕심이 있었고 또 하나는 나를 더 알리고 싶은 마음과 돈도 빼놓을 수 없었다.

◇ ◇ ◇

이런 일들이 나만 힘들었다면 더 참아볼 수도 있었을 것이다. 하지만 아이가 문제였다. 퇴근 후 강의를 하러 가려면 언니나 친정엄마한테 애를 맡겨야 했다. 물론 엄마와 언니는 내가 평일에는 잘 가지 못하는 놀이터와 키즈카페도 데려가고 성심성의껏 아이를 돌봐주었다. 하지만 매번 이렇게 아이를 맡기는 것이 심적으로 여간 힘든 게 아니었다. 더군다나 아이가 이모나 할머니의 말을 잘 듣지 않고 엄마가 언제 오는지 찾는다고 할 때면 더더욱 내가 지금 무엇을 위해 이렇게 돌아다니는 건가 싶었다.

어느 날 어린이집에서 아이를 데리고 하원하는 길 도로 옆 작은 카페에 걸린 현수막을 보고 괜히 마른 숨을 쉬었다.

혹시 당신에게
쉬는 시간을 주었나요?

그래, 나에게 쉬는 시간 좀 주자. 직장과 육아를 병행하며 살림까지 하는 데다 개인적으로 강연에 책 집필까지 하는 인생을 살아보니 내 인생에 선택과 집중은 그 어떤 것보다 중요했다.

그렇게 나는 이후에 들어오는 강연 강의는 거절하기로 마음먹었고 실제로 최근에 들어온 몇몇 제안에 거절 의사를 밝혔다. 들어오는 족족 수락할 때와는 또 다른 짜릿함이 있었다. 못하겠다는 의사 표현을 거의 하지 않고 살았던 나로서는 이런 쾌감을 느껴본 적이 별로 없어 묘한 기분이 들었다. '아니요', '싫어요', '안 하겠습니다'가 익숙하지 않았던 내게 이런 반항은 신선한 경험이었다.

아무튼 요즘 나는 거절을 연습하는 중이다. 이 '거절의 시기'를 지나면 마음에 여유를 갖고 조금 더 단단해질 수 있길 바라본다.

맡길 줄도
알아야지

集안일은 점점 밀리고 쌓여간다. 한다고 하는데 성에 안 찬다. 당연하다. 제대로 하지 않았으니까.

몇 달 전 둘째를 임신하고 퇴사한 후배가 첫째를 임신하고 집에서 육아할 때 일일 가사도우미를 부른 적이 있다며 청소 서비스를 추천했다. SNS 광고에서도 해당 서비스를 심심치 않게 볼 수 있기에 '나도 한 번 신청해볼까?' 하던 참이었다.

후배가 알려준 사이트에 접속하자 이런 카피가 눈에 들어왔다.

○○ 덕분에
우리 집 광명 찾았어요!

서비스에는 정기 예약과 1회 예약이 있었다. 광명까진 아니더라도 욕실 타일에 광만 좀 나도 좋겠다는 생각이 들었다.

하지만 선뜻 내키지 않았다. 도우미가 오면 일일이 따라다니며 참견해야 할 것 같았다. '이건 어떻게 할까요? 저건 어떻게 할까요?' 묻는 말에 대답하느니 '그냥 내가 하는 게 속 편한 것 아닌가' 싶기도 했다.

하지만 욕실에 물때가 쌓여가고 하수구에 머리카락이 뭉쳐 있고 타일 줄눈의 색이 점차 변해가는데 정작 청소는 너무 하기가 싫었다. 어딘가 찝찝하고 이건 아닌데 싶었다. 남편이 좀 알아서 해주면 너무 행복하겠는데 신혼 때와 달리 그는 욕실 청소를 나서서 하지 않는다. 남편의 눈에는 이 지저분한 상태가 보이지 않는 걸까?

그에게 욕실 좀 청소해주면 안 되냐고 묻는 것조차 싫어서 못 본 척하길 몇 주가 지났다. 내가 하기 싫은 걸 남한테 시키는 건 스스로도 못마땅하다.

뭐 어디 욕실 청소뿐이겠는가? 싱크대 정리며 개수구 청소,

서랍 정리 등 온갖 집안일이 만사 귀차니즘이었다. 나는 후배가 말한 그 가사도우미 서비스를 한 번 이용해보기로 했다.

휴대폰에 어플을 설치하자 시작 화면이 떴다. 예상치 못했던 곳에서 마음에 드는 카피가 보였다.

행복한 일에
집중하세요

갑자기 이 업체에 대해 없던 신뢰도가 확 올라가면서 무조건 써보고 싶다는 생각이 들었다.

몇 가지 사항을 체크하고 메모를 남기니 간단히 예약이 되었다. 오전 아홉 시부터 오후 한 시까지 네 시간 동안 가사도우미가 우리 집에 방문해 내가 원하는 곳을 청소해준다고 했다. 청소도구는 모두 우리가 쓰던 것을 사용해 정말 내가 청소하듯(물론 더 잘) 해준단다.

나는 도우미가 오는 전날부터 괜히 두근거렸다. 가사도우미가 오는데 왜 내가 떨리지? 평생 남한테 집안일 시켜본 적 없는 일할 팔자여. 가사도우미가 지저분하다고 역으로 나에게 잔소리할 것 같은 생각에 그날 새벽 꿈자리까지 사나웠다.

◇ ◇ ◇

가사도우미 서비스를 예약한 날이 다가왔다. 인상 좋은 친정 엄마 또래의 여사님이 오셨다. 여사님께 청소를 원하는 장소를 말씀드리고 나는 어린이집 설명회에 다녀오겠다며 집을 나섰다. 아, 뭐지? 이 부잣집 사모님이나 누릴 것 같은 호사스런 기분은!

개인차는 있겠지만 네 시간 청소에 4만 5천 원이란 비용은 외식 한 번 안 하면 되는 금액이다. 집밥 한 번 해먹거나 마음에 드는 티셔츠 한 장 안 사면 몸과 마음이 이렇게도 편한 걸.

물론 꼭 돈 때문에 내가 가사도우미 쓰기를 두려워했던 건 아니다. 타인을 집에 들여서 다른 일도 아니고 청소를 부탁한다는 게 어딘지 모르게 남의 옷을 입고 있는 듯 불편할 것 같았다. 내 일을 남에게 넘길 줄도 알아야 하는데, 모두 다 내가 해결하고 처리해야 되는 것이라고만 생각했다. 다른 사람에게 내 일을 맡기려면 타인을 믿는 연습도 수반돼야 한다. 가사도우미 한 번 부르는 데 이리도 많은 걸 깨닫게 되다니.

어쨌거나 앞으로는 가사도우미 서비스를 한 달에 한두 번 정도는 이용하기로 마음먹었다. 세상에는 하기 싫은 것을 대신 해주는 고마운 사람들이 있다. 그들은 그것으로 얻는 소득이 있고 나에겐 그 정도를 부담할 수 있는 경제적 여유가 있다. 나는 욕실 청소로 스트레스 받는 대신 내가 더 잘할 수 있고 잘 해내야만 하는 것에 집중하며 거기에 에너지를 쏟기로 했다.

글도 잘 쓰고 살림도 잘하는 이유미여야만 한다고 그 누구도 정해주지 않았다. 아마도 나 스스로 기준을 세워놨던 것뿐이리라. 쓸데없이 완벽을 추구했다. 자, 그러니 우리 모두 내가 행복해질 수 있는 것에 집중하자.

그냥 조용히
밥 먹으면 안 되나요

참치? 멸치? 조치? 그치?

;

사람에 따라 편차가 있겠지만 나이가 들어 좋은 점 중 하나는 밥을 혼자 먹을 수 있게 된 점이다. 본격적으로 혼밥을 할 수 있게 된 건 임신했을 때부터다. 그때는 살기 위해 혼자 먹을 수밖에 없었다. '먹는 입덧'이었던 나는 속이 비면 울렁거려서 꼬박꼬박 끼니를 챙겨 먹어야 했다. 더불어 간식까지 빼먹지 않았다 (당시 내 가방에는 반드시 과자가 있었다).

그렇게 밥을 먹어야 할 땐 누구와 함께 먹을지를 따질 겨를이 없었다. 그냥 눈앞에 보이는 식당에 들어가 자리를 차지하고 손을 번쩍 들어 음식을 주문해야 했다. 아이를 낳고 4년이 지난 지금은 아무 이유 없이도 혼자 식당에 들어가 밥을 먹을 수 있고 때론 자처해서 혼자 먹고 싶을 때도 있다.

월요일인 오늘이 그랬다. 별다른 이유는 없다. 그냥 다른 사람과 식사하며 말을 하기 싫었다. 대화가 끊길 때 어색한 정적을 견디기 힘들어 상대방의 말에 굉장히 궁금하다는 듯 질문하고 답에 호응해주는 시간이 귀찮았다.

점심 시간이 되어 지갑과 휴대폰, 책 한 권을 챙겨 사무실을 슬쩍 나왔다. 김밥집에 들어가 치즈김밥을 주문하고 바로 책을 펼쳤다. 얼마 전 알라딘 중고서점에서 구입한 에쿠니 가오리의 《벌거숭이들》이었다. 첫 페이지를 넘기기도 전에 주문한 김밥이 나왔다.

김밥은 속이 꽉 차서 한 입에 넣기 힘들 정도로 컸다. 같이 나온 국물은 후추를 많이 넣어 칼칼하고 간이 맞았다(어묵국물 간이 맞지 않는 김밥집이 은근히 많다. 간장만 살짝 떨어뜨린 어묵국물이 싫다). 김밥을 먹으며 책 페이지를 넘기다가 고개를 들어 식당 벽을 봤다. 족히 50가지는 넘을 것 같은 메뉴판 옆으로 포스터의 카피가 눈에 띄었다.

참치? 멸치? 조치? 그치?
치치 김밥

카피를 보니 아마도 참치와 멸치를 같이 넣어 둘둘 만 김밥인 모양이다. 근데 뒤에 들어간 문구가 '조치? 그치?'다. '어때? 맛있겠지?' 정도 되겠다. 김밥 이름인 '치치 김밥'에 운율 맞춰 쓴 것 같다.

말하기 싫고 대꾸하기 싫어서 혼자 들어온 김밥집에서 마주한 카피라 예사로 보이질 않았다. 재촉하고 대답을 원하는 포스터가 괜히 불편했다. 김밥 하나를 입에 넣으며 주변을 돌아봤다. 나 말고도 혼자 먹는 사람이 셋. 테이블 위치가 좀 이상해서 모두들 주방을 향해 앉아 밥을 먹고 있다. 물론 주방을 보는 건 아니다. 각자 휴대폰을 보며 오무라이스, 김치찌개, 참치 김밥, 돈까스를 먹는다. 나 또한 그렇게 주방을 향해 앉아 밥을 먹는 사람 중 하나다. 조용한 이곳에서 대답을 요구하고 인정을 바라는 신 메뉴의 카피가 이질적으로 느껴진다. 꼭 혼자 먹는 나 같은 사람들에게 포스터가 말을 거는 것 같다. 참 요상한 광경이다.

힘들 때 눈에
더 잘 띄는 힘듦

체리색 몰딩이 날 힘들게 할 때

집으로 가는 지하철, 간신히 난 자리에 앉아 인스타그램을 둘러보다 이 한 줄이 눈에 들어왔다.

체리색 몰딩이
날 힘들게 할 때

배경 이미지는 카피 그대로 보는 이를 힘들게 하는 체리색 몰딩 사진이었다. 보통은 '체리색 몰딩을 바꿀 때'라든가 '체리색 몰딩 교체 시기와 방법'처럼 쓰기 마련인데 누가 썼는지 잘 썼다 싶었다.

살면서 인테리어 때문에 힘들 때가 많다. 공사를 하느라 육체적으로 힘들다기보다 무언가를 바꾸고 싶은데 실행으로 옮기지 못하고 끙끙대며 심리적으로 괴로운 경우가 흔하다.

나도 지금 살고 있는 집에 이사 와서 몰딩이 맘에 안 들어 몇 날 며칠 어떻게 바꿔야 할지 고민했다. 신축빌라라서 쉽게 건드리기는 애매한데 몰딩이 많아도 쓸데없이 너무 많았다. 일반적으로 아파트의 몰딩이 천장 모서리와 문 정도라면 우리 집은 그의 세 배는 많은 몰딩이 있었다. 천장에도 조명을 빙 둘러 몰딩이 있고 현관문에도 몰딩이 있었다. 심각하게 몰딩을 다 뜯어버릴까 고민하기도 했지만 금전적인 문제 때문에 인테리어 공사를 다시 할 수는 없는 노릇이었다.

결국 우리는 직접 페인트칠을 해서 몰딩을 흰색으로 바꾸기로 했다. 대대적인 공사였다. 남편이 낮부터 먼저 칠하기 시작하고 나는 아이와 밖에 나가 있었다. 아무리 친환경 페인트라도 냄새가 아이에게 좋지 않을 테니. 저녁쯤 되어 집에 들어가니 남편은 '왜 이걸 시작했을까' 하는 후회막급의 표정으로 반 녹초가 되어있었다.

나는 아이를 재우고 페인트칠을 도왔다. 그렇게 공사는 새벽까지 이어졌다. 대공사가 끝나고 며칠 뒤 남편이 저녁을 먹으며 말했다.

"현관문을 열고 집에 딱 들어 오면 몰딩 색깔 때문에 기분이 확 나빠졌거든? 근데 이제 그렇지 않아서 이상할 정도야."

'날 힘들게 할 때'라는 문구가 유독 눈에 잘 띄었던 건 내가 그때 너무 힘들었기 때문일 것이다. 일반적으로 자신의 처지와 비슷한 것에서 공감을 많이 느끼니까. 날 힘들게 하는 것들을 하나씩 바꾸는 게 인생일지도 모른다.

나쁜 자리는
없다

나쁜 사람은 없어. 단지 나쁜 상황이 있을 뿐이지

,

또 자리를 옮긴다. 우리 회사는 유독 자리 이동이 잦은 편이다. 한 자리에 머무는 기간이 평균 두세 달인 것 같다. 왜 이렇게 자리를 자주 바꾸는지는 모르겠다. 사장님 마음대로다. 태생이 심플하질 못해서 자잘한 짐이 많은 나는 그가 원망스럽다. 버리고 버렸다지만 지금 내 책상 위에는 노트북 주변으로 책과 연필꽂이, 각종 약으로 빈틈이 없다.

책상뿐만 아니라 서랍도 두 손을 사용하지 않으면 못 닫을 정도로 뭐가 꽉 들어차 있다. 왜 두 손이냐고? 한 손으로는 물건을 밀어 넣으면서 한 손으로는 닫아야 하기 때문이다. 사실 버릴 게 80퍼센트 이상이지만.

사장님도 메뚜기처럼 늘 이 자리 저 자리로 뛰어다닌다. 실제로 뛰는 건 아니고 옮겨 다닌다. 사장이라고 방이 따로 있지도 않다. 지금 자리는 모니터가 화장실 갈 때마다 훤히 다 보이는 곳이다. 그렇다 보니 자리에 대한 불만을 표출할 수도 없다. 그나마 나는 연차가 좀 되고(?) 글을 쓴다는 이유로 항상 구석자리를 배치해준다. 참 감사한 일이다(이 자릴 빌어 다시 한 번 감사의 말씀을 전합니다). 그래도 이사는 귀찮고 싫다.

늘 그렇듯 자리는 '지금 자리'가 제일 좋다. 두세 달 동안 적응했기 때문이다. 지금 내 자리는 볕이 완만히 들어 아늑하고 입구 바로 옆이라 퇴근할 때 사람들을 거치지 않고 얼른 쏙 빠져나갈 수 있어 편리하다(이거 은근히 중요하다). 게다가 택배 받는 곳이 매우 가깝다.

사실 자리 자체는 그렇게 중요한 게 아니다. 그보다 중요한 건 동료다. 옆에, 앞에, 뒤에 누가 앉느냐가 중요한 곳이 회사 아니던가. 옮긴 이상 그 자리에 몇 달은 함께 머물러야 하는데 동료가 이상한 취향(향초나 향을 계속 피운다거나) 혹은 체취(겨울에도 땀 냄새가 난다거나), 버릇(다리를 심하게 떤다거나)이 있는 사람이 걸리면 낭패다.

이런 생각을 하다 보니 며칠 전에 본 영화 〈신과 함께: 인과 연〉속 명대사가 떠오른다.

나쁜 사람은 없어
단지 나쁜 상황이 있을 뿐이지

  그렇게 따지면 회사에서 별로인 자리는 없다. 단지 별로인 동료를 만나는 상황이 있을 뿐. 영화의 부제인 '인과 연'처럼 상황을 받아들이고 자리를 바꿀 때까지 몇 달 기다릴 수밖에.

  어쨌거나 새로 자리를 정리하고 버릴 건 버리고 오랜만에 물티슈로 먼지도 좀 닦고 말끔해진 책상에 앉아 노트북을 켠다. 줄어든 짐이 제법 심플한 책상을 만들어줬다. 모르는 자리가 아니건만 새롭다. 심지어 옛날에 앉았던 자리다. 옮기면 옮긴 대로 또 적응하고 만족할 것이다.

평소와는 다른 말,
평소와는 다른 반응

후회할 일 하지 마세요

출근길, 어느 빌라 담장 옆에 쓰레기 봉투가 몇 개 놓여 있고 그 벽에는 경고 문구가 붙어 있었다.

CCTV 촬영 중
불법 투기하지 마세요
후회할 일 하지 마세요

"후회할 일 하지 마세요."라는 문장이 머릿속에서 떠나질 않았다. 보통은 '쓰레기 버리지 마세요', '여기는 쓰레기 버리는 곳이 아닙니다' 정도의 문구를 쓰기 마련인데, 후회할 일 하지 말라는 말이 붙으니 어딘가 더 오싹하고 걸리면 진짜 제대로 혼날 것 같은 기분이다.

'후회한다'의 본래 뜻은 이전의 잘못을 깨우치고 뉘우친다는 뜻이다. 잘못을 깨우치고 뉘우친다는 건 긍정적으로 들리는데 왜 저기 쓰인 후회는 '가만두지 않겠다'처럼 들릴까? 아마도 보통은 잘 만날 일이 없는 상황과 문장의 만남 때문일 것이다.

대학교 1학년 때였다. 고등학교 때와 180도 달라진 삶이 펼쳐졌다. 수업 시간에 항상 늦고 여차해서 수업을 빠져도 그만이라고 생각한 날들이었다. 나는 성적에 연연하지 않았다. 지각하면 혼나니까 알아서 일어나던 고등학생 때와 달리 아침마다 식탁에 밥을 차려놓은 엄마가 "일어나, 지각한다! 지금 몇 신줄 아니? 또 수업 쨀래!"라고 수차례 말해야 간신히 일어났다.

그런데 어느 날엔가 엄마가 조금 다른 말을 했다. 나는 그 소리를 듣고 나도 모르게 벌떡 일어났다. 물론 잠도 싹 달아났다.

"네 인생이지, 내 인생이냐."

스무 번 정도 잔소리를 듣고 일어나리라 생각했는데 난데없이 엄마가 포기를 해버린 것이다. 그 어떤 협박보다 무서웠다. 곁에서 날 챙겨주던 엄마가 날 놔버린다는 두려움 때문이었다.

◇ ◇ ◇

시간을 거슬러 고등학교 3학년 때로 올라간다. 국사 시간이었다. 사실 국사 시간은 통상 자는 시간이었다. 왜 학교에 그런 선생님 한 분쯤 있지 않은가. 국사 선생님은 수업 시간에 자도 뭐라고 안 했다. 정말 구세주 같은 분.

그런데 그날은 다른 날과 좀 달랐다. 선생님의 작고 낮은 한 마디에 잠이 싹 달아났다.

"지금 이럴 때가 아닌데…."(약간 혀를 끌끌 찼던 것도 같다.)

'야 이유미, 안 일어나! 넌 어떻게 맨 앞에서 자냐! 지금 고3이 잠이 와!'라고 했다면 잠깐 깼다가 다시 졸았을 것이다. 늘 하던 꾸중이었으니까. 하지만 그 말씀은 혼잣말도 아닌 것이 나더러 들으라고 한 말이긴 했는데 정말 걱정해주는 건 아닌 것 같고 아무튼 되게 묘했다. 나에게만 들리도록 작게 한 말이었는데도 불구하고 잠은 줄행랑을 쳤고 나는 벌떡 일어나 국사책을 펴고 똑바로 앉았다.

주변에 정말 말을 안 듣는 사람이 있는가? 그 사람에게 평소 잘 하지 않던 말을 해보자. 포기하는 말일수록 효과가 있을 것이다.

가볍게
살고 싶다

아무리 맛있어도 입은 닦고 먹어야지

오며 가며 인사만 주고 받던 사이인 아랫집 애기 엄마와 우연한 계기로 인스타그램 계정을 주고받았다. 간간히 올라오는 그녀의 일상을 보며 하트를 꾹꾹 눌렀는데 어느 금요일 밤, 한 상 가득 차려진 포장 음식 사진이 그녀의 피드에 올라왔다.

자세히 내용을 들여다보니 음식의 정체는 다름 아닌 삼겹살. 노릇노릇 구워진 삼겹살에 얼큰해 보이는 김치찌개, 그리고 각종 쌈까지. 와, 삼겹살 배달이라니. 물론 삼겹살은 구워서 바로 먹어야 맛있지만 굽는 동안 풍기는 냄새와 연기, 이것저것 재료 준비하는 시간까지 따지면 은근히 차리기 귀찮다. 그런데 알맞게 구워 배달까지 해준다니 획기적이었다.

그날 이후 가끔씩 생각날 때마다 삼겹살을 배달시켜 먹었다. 제주도에서 학교를 다니는 조카가 우리 집에서 자고 간 날도 삼겹살을 주문했다. 나만큼이나 고기를 좋아하는, 아니 나보다 훨씬 더 좋아하는 조카도 이미 배달 삼겹살을 먹어본 뒤였다.

쌈을 크게 한 입 싸서 입에 넣다가 쌈장이 입술에 묻어 주섬주섬 배달 봉지를 뒤져 냅킨을 꺼냈다.

아무리 맛있어도
입은 닦고 먹어야지

누런 황토색 냅킨 정중앙에 나 보란 듯 적혀 있는 메시지. 사실 요즘에 자꾸 입에 뭘 묻히고 그것도 모른 채 밥을 계속 먹을 때가 있다. 너무 티나게 묻으면 알아본 사람이 이야기라도 해주는데 애매하면 상대방이 말해주기도 뭣해서 양치하러 화장실에 들어갔다가 기겁하며 입을 닦은 게 한두 번이 아니다.

입에 뭘 묻히고 먹는 사람이라면 우리 엄마를 빼놓을 수 없다. 엄마도 옛날에는 안 그랬던 것 같은데 갈수록 입에 자꾸 뭘 묻힌 채로 음식을 드신다.

"엄마, 왜 자꾸 입에 뭘 묻히고 먹어?"

나는 괜한 짜증을 부리며 엄마에게 투덜댔다. 엄마는 허허 웃으며 "그러게, 이걸 왜 모를까?"라며 멋쩍게 입을 쓱 닦는다. 그렇게 입을 닦는데 닦으면서 또 저쪽에 묻힌다. 아유, 정말….

"나이 들면 입술 감각이 무뎌져서 그래. 그래서 뭐 묻은 것도 잘 몰라. 게다가 왜 이렇게 자꾸 흘리는지…."

내 생각은 다르다. 이게 다 급하게 음식을 먹는 탓이지. 밥을 그냥 허겁지겁. 나도 엄마를 닮아 그 버릇을 못 고친다. 안 그러고 싶은데 음식 앞에선 누가 쫓아오는 것마냥 급해진다. 새 모이 먹듯 조금씩 꼼꼼하게 먹고 싶지만 그게 잘 안 된다. 엄마 말마따나 나이 들면 몸 이곳저곳의 감각이 떨어진다는데 신경은 왜 더 날카로워질까? 신경은 예민해지고 몸의 감각은 무뎌지는 삶. 그것 참 별로다.

취향으로
기억되는 사람

나는 어디서 뭘 사든 베스트 상품 사는 사람이 제일 싫더라

인터넷 쇼핑몰에서 일하면서 인터넷 쇼핑을 즐기는 나는 어느 쇼핑몰이든 반드시 있는 '베스트BEST' 버튼은 누르지 않는다. 이런 생각이 기저에 깔려 있었는지도 모른다. 단편소설집 《쇼룸》 중 '이케아 소파 바꾸기'에 나오는 대사다.

온통 베스트 상품뿐이네
나는 어디서 뭘 사든
베스트 상품 사는 사람이 제일 싫더라
취향이란 게 없다는 뜻이잖아

_김의경, 《쇼룸》

남편은 내가 골라온 옷이나 가방, 신발을 보면 '이런 걸 잘도 찾아낸다'고 말한다. 여기서 잘도 찾아낸다는 말은 기특하다기보단 어이가 없다는 쪽에 가깝다. 물론 마음에 들어 뭔가를 골랐는데 그게 베스트 상품이었던 적은 있다. 내 취향이 그렇게 매니악하지는 않다는 뜻이다.

어디 가서 되게 스타일리시하단 소리는 못 들어도 나만의 취향은 있다고 자부한다. 하지만 그 취향은 가격의 영향을 심하게 받는다는 작은 문제가 있다. 그래서 밤마다 불 꺼진 방 침대에 누워 저렴한 것 중 내 마음에 드는 물건을 찾기 위해 두 눈이 뽑힐 것같이 쇼핑몰을 보고 또 보고, 찾고 또 찾는지도 모른다.

◇ ◇ ◇

오래전 함께 일하던 동료가 이직을 했다. 다른 직장에 가서는 마음 고생 없이 잘 지내는 것처럼 보였다. 무엇보다 팀장인 그가 팀원들과 잘 지내는 것 같아 참 다행이라 생각했다. 어쨌거나 다 좋아 보여서 혹시나 하는 마음에 그들의 단점은 없는지 물었다.

"취향이 없어."

뜻밖의 대답이었다. 나는 그에게 취향이 없는 게 어떤 면에서 단점인지 물었다.

"대화가 즐거울 때는 취향이 공유될 때인데 그게 없으면 그 이상 가까워지기 힘들어."

"그렇다고 해도 그들과 어울리는 게 재미 없진 않잖아?"

"회사 이야기 그 이상을 못하는 거지. 누가 밉다, 뭔가 짜증 난다… 맞아, 맞아. 나도! 그 인간 너무 싫어! 그런 거에서 공통점이 생길 뿐인 거야."

독특한 취향 때문에 선뜻 다가서기 힘들더라도 취향이 없는 것보단 어떤 취향이라도 있는 게 낫다. 무색 무취만큼 심심한 것도 없지 않은가. 취향이 있는 사람이 없는 사람보다 오래 기억된다. 낯선 곳에서 그 사람 취향의 무엇을 발견하면 잊고 지냈던 사람이 떠오르기도 하니까.

문득 좀 더 취향이 짙은 사람이 되어야겠다는 생각이 든다. '베스트 10'에서 헤매는 사람은 절대 되지 말아야겠다.

끝까지 좀
안 될까?

모든 에피소드를 섭렵했습니다

;

지하철에서 팟캐스트를 들으려고 구독하는 프로그램 페이지에 들어가니 이런 메시지가 뜬다.

모든 에피소드를
섭렵했습니다

'섭렵하다'를 사전에서 찾아보니 '많은 책을 널리 읽거나 여기저기 찾아다니며 경험하다. 물을 건너 찾아다닌다는 뜻에서 나온 말'이란다. 해당 프로그램에서 에피소드를 다 들었단 이야기인데 꽤 통쾌하다. '모두 들었습니다'가 아닌 '섭렵했습니다'

라고 하니 마치 하산을 해야 할 것만 같다.

평소 끝을 보지 못하는 것들이 너무 많다. 꾸준히 먹어야 하는 영양제가 대표적이다. 정말이지 단 한 번도 '이게 마지막이야' 하며 약 한 통을 다 먹어본 적이 없다.

우선 회사 책상 위, 우리 집 주방 선반 위에는 먹다 만 잇몸약이 있다. 하루 두 번, 두 알씩 먹는 건데 잇몸이 갑자기 안 좋아져서 석 달 치를 샀지만 한 박스도 다 먹지 못했다. 심지어 요즘은 아예 먹지를 않는다. 잇몸이 다 낫지도 않았는데.

서랍에 가득 쌓여 있는 간약은 어떤가. 나는 유전적으로 간이 좋지 않다. 게다가 급성 A형 간염에 걸린 후 간이 많이 손상돼서(간 이식 직전까지 갔다) 특히 관리가 필요하다. 하지만 초반에 몇 번 약을 먹고 지금은 먹지 않는다.

내 신체 중 가장 소중하다고 생각하는 눈, 그 눈에 좋다고 해서 산 아로니아 즙은 또 어떤가. 냉장고 채소칸 한가득 그대로다. 너무 떫어서 먹을 때마다 3년은 늙는 것 같다. 그러고 보니 눈 영양제 루테인은 어디 있더라…?

큰 결심 하고 샀던 다이어트 젤리. 좋다는 후기가 많아 '살 좀 빼보자!' 하고 세 상자나 샀지만 너무 달아서 먹기를 그만두었다. 애한테 줬더니 애도 안 먹는다. 애들은 다 젤리 좋아하는 거 아니었나? 남편에게 이 사실을 걸리지 않기만 바랄 뿐이다.

우유나 물에 타 먹는 선식도 마찬가지다. 이것도 남편에게 들킬까 봐 싱크대 깊숙이 숨겨놨다. 꾸준히 먹는 건 왜 이리 힘들까? 이유는 단 하나. 살 만하기 때문이다! 소 잃고 외양간 고친다는 말이 괜히 있는 게 아니다(우리 선조들 만세!).

이제는 궁금해진다. 내가 그 약들을 끝까지 다 먹었다면 어떤 몸의 변화가 일어났을까? 아주 많이 좋아졌을까 아니면 별로 개선되지 않았을까? 끝까지 먹으면 될 것을 참 기가 막힌다.

최근 꾸준히 하기로 다짐하고 시작한 게 하나 있다. 바로 '오늘 쓰는 어제'다. 대단한 건 아니고 간단한 일기를 빼먹지 않고 쓰는 것이다. 다만 그날 저녁에 쓰는 게 아니라 다음 날에 '어제 나 뭐했지?' 하고 기록한다.

일기를 쓰기로 마음먹은 이유는 하루를 그냥 흘려보내지 않기 위해서다. 오전 여섯 시에 일어나 출근하고 퇴근해서 애 보고 살림하는 비슷한 일상이라도 그날만의 특별함이 있지 않을까? 오늘은 다시 오지 않을 테니 기록해두면 어딘가 쓸모 있지 않을까?

일기를 써야겠다고 마음은 먹었지만 분명 꾸준히 하지 못할 거라고 생각해 휴대폰 알람을 맞췄다. 매일 오전 여덟 시 삼십 분, 알람이 울리면 나는 하던 걸 중단하고 메모장을 펼쳐서 어제의 나를 복기해본다. 가장 기억에 남는 순간을 적어 메모하고 그메모를 문장으로 바꾼다. 아직은 계속 하고 있고, 1년이 목표다.

약을 먹는 것과 달리 일기 쓰기를 꾸준히 하게 만드는 요인은 뭘까? '지금이야! 네가 하기로 마음먹었잖아. 당장 해!'라고울리는 알람 때문일까? 그렇다면 영양제를 꾸준히 먹기 위해알람을 맞춰야 할까? 한 권의 책을 완성하기 위해 강제로 연재를 계약하거나 지인들에게 '곧 책이 나올거야'라고 선언해버리는 것처럼 나 자신과의 약속만으로 끝을 섭렵하고자 했던 것은나를 너무 얕봤던 것이 아닐까?

자, 그러니 우리 모두 내가 행복해질 수 있는 것에 집중하자.

PART
2

그 손 한 번 잡아보길 잘했어

그리운 누군가의
안부를 물을
어떤 타이밍

오전 11시 30분에 마시면 좋은 티입니다

지난 7월과 8월 사이 새로이 글쓰기 모임 하나를 시작했다. 나까지 일곱 명이 매주 일요일 오전 열한 시 작은 플라워 스튜디오에서 그날의 주제인 책에 대해 이야기 나누고 글을 쓴 다음 자신이 쓴 글을 회원들 앞에서 읽어보는 모임이다.

어느 날, 스튜디오에 가장 먼저 도착한 나는 문을 활짝 열고 다른 사람이 오기를 기다렸다. 원래 꽃집이다 보니 실내 공기는 꽃향기와 풀내음이 섞여 신선하면서도 그윽했다. 우리가 글을 쓰고 이야기하는 커다란 테이블 위에는 작은 쪽지와 함께 티 포트와 쿠키가 놓여 있었다.

오전 11시 30분에 마시면
좋은 티입니다
주전자에 넣고 뜨거운 물을 부어 드세요

옛 직장 동료이기도 한 스튜디오 대표가 전날 미리 남겨놓은 메모였다. 모임은 열한 시 시작이고 이야기가 무르익을 때쯤이면 열한 시 삼십 분. 그리고 그 좋은 타이밍에 마시면 더 좋은 향의 차. 평소 사소한 걸 그냥 지나치지 않고 자신만의 감각으로 글을 참 잘 쓰는 사람이라 생각했는데, 그날 메모에서도 그런 위트와 센스가 느껴져 괜히 기분이 말랑거렸다.

◇ ◇ ◇

글쓰기 모임의 첫 번째 주제는 '편지로 쓰는 안부'로, 오랫동안 만나지 못했던 지인이나 친구, 가족 혹은 가상의 인물에게 요즘 나의 모습을 편지로 쓰고 읽어보는 것이다. 그날의 책인 김애란의 단편집《비행운》중 '서른'의 주인공이 옛날에 알고 지내던 언니에게 편지를 쓰기 때문이다.

책에 대한 이야기를 짧게 나누고 본격적으로 각자 안부를 전하고 싶은 사람에게 편지를 쓰기 시작했다. 약 40분이 흘렀을까? 나는 그들에게 편지 쓰기를 마무리하고 한 명씩 본인이 쓴 글을 멤버들 앞에서 읽어보길 권했다. 남들 앞에서 자신의 글을 공유하는 게 쉽지는 않아 다들 우물쭈물하던 중 한 명이 먼저 편지를 읽겠다고 손을 들었다.

그녀는 대학생 때 자신을 가르쳤던 교수님께 편지를 썼다. 시간 강사였던 교수님의 학생들을 가르치던 열정이 인상적이었던지 그때의 에피소드와 자신이 요즘 어떻게 지내는지 이야기했다. 선생님의 현재가 궁금하다는 대목을 읽던 그녀가 편지 읽기를 멈추더니 조용히 눈물을 훔쳤다.

잠시 숙연해진 우리는 그녀를 재촉하지 않고 기다려주었다. 울컥한 심정의 기원이 뭔지 알 것 같았다. 나는 티슈 한 장을 뽑아 건네며 괜찮다고, 천천히 읽어도 된다고 말했다.

그렇게 그녀의 글 읽기가 끝나고 다음 멤버가 자신이 쓴 편지를 읽어나갔다. 그녀는 전 직장 근처에서 작은 가게를 운영하던 언니에게 편지를 썼다. 단순히 사장과 손님의 관계로 만나 속 깊은 이야기까지 나누게 된 사이로 발전했지만 언니에게 사정이 생겨 연락이 끊어졌다는 사연이었다. 그녀는 글을 읽기도 전부터 감정 조절이 힘든지 몇 번이나 천장을 올려다보며 숨을 골랐다. 몇 번 심호흡을 하던 그녀는 결국 편지를 몇 줄 읽지 못하고 눈물을 터트렸다.

거짓말처럼 그날 모인 여섯 명 모두가 눈물 바람이었다. 멀리 떨어져 사는 아버지께, 오래 연락을 못한 친구에게 편지를 쓰며 눈물을 흘렸다.

나는 조금 당혹스러웠다. 어, 이런 건 예상 못했는데. 사람들이 왜 자꾸 울지? 사실 요즘 사람들이 오랫동안 편지를 써보지 않았을 테니 손으로 직접 편지를 쓰면 좋겠다는 마음에서 주제를 정했을 뿐이었다. 이런 반응은 짐작도 못했다.

신기하게도 훌쩍거리며 읽기를 마친 그들의 표정에는 후련함이 어른거렸다. 그들이 누군가를 그리워하며 쓴 편지에는 힘들었던 시기의 자신의 모습이 담겨 있었다. 힘들 때 힘이 되어준 사람들을 떠올리니 자연스럽게 눈물이 흐르고 말았던 것이다. 훌쩍임을 멈춘 그들에게 나는 이렇게 말했다.

"누군가를 그리워하고 그 사람을 생각하니 눈물이 나는 것, 굉장히 멋진 일 같아요. 편지를 받게 될 상대방 또한 자신을 떠올리며 눈물 흘려준 사람이 있다는 것에 얼마나 감격스러울까요? 눈물은 아무 때고 나오는 게 아니고 울고 싶다고 울어지는 것도 아니니까요. 힘들었다고 말하지만 여러분 참 잘 사셨던 것 같네요."

차를 마시면 좋을 타이밍과 힘이 되어주었던 사람들을 만난 타이밍. 그 사람들을 만났을 때의 나를 다시 떠올리는 타이밍과

눈물을 흘리는 타이밍. 《운다고 달라지는 일은 아무것도 없겠
지만》이라는 제목의 책과는 다르게 그날은 모두 울어서 달라진
순간을 만났다. 콧망울이 희미하게 붉어졌지만 얼굴은 편지를
쓰기 전보다 맑아져 있었다.

잘 듣는다는 것

말을 잘 듣는 게 무엇보다 중요해요

;

‘듣는 것에 대한 이야기’를 하고 싶어진 지는 꽤 오래됐다. 아마
글쓰기 모임을 맡으면서부터였던 것 같다. 주로 카피라이팅에
관한 강의를 했던 나에게 강사가 아닌 ‘리더’를 맡아달라는 제
안이 새로웠다.

나는 평상시 강의를 하던 방식으로 첫날 모임을 진행했다.
글쓰기 모임이 다 끝나고 관계자가 이렇게 말했다.

이 모임에서는 말씀을 많이 하기보다
멤버들의 말을 잘 듣는 게
무엇보다 중요해요

아는 것을 알려주는, 혼자 말하는 게 익숙했던 나로서는 들어주라는 말이 낯설었다. 사람들의 침묵이 두려워 빈틈을 채우듯 말하려고 했고 누군가에게 말을 걸기보다 내가 더 말을 많이 하는 쪽이었다. 관계자가 말을 이었다.

"제가 몇 차례 다른 모임의 후기를 모아보니 사람들은 의외로 자신의 말을 들어주길 원하더군요. 나중에 리더가 자신에게 발언권을 주지 않았음을 원망하기도 하고요. 가만히 리더의 눈길을 피하고 있는 것처럼 보여도 자신에게 말 걸어주길 원하는 분들이 많아요. 리더가 한 명 한 명에게 발언권을 주면서 이야기를 잘 들어주시는 게 좋습니다."

나는 다른 사람들이 처음 보는 사람들 사이에서 자신이 쓴 글을 소리내어 읽고 그것에 대해 대화하는 것을 전적으로 두려워할 것이라고 생각했다. 그런데 사실은 그 반대였다니.

◇ ◇ ◇

사전에 '대화'를 찾아보면 이런 뜻이 나온다.

마주 대하여
이야기를 주고받음

나는 그 모임에서 전적으로 들어주는 것에 온 힘을 기울였다. 하지만 하면 할수록 주는 것, 즉 말하는 것만큼 받는 것, 즉 듣는 것에도 굉장한 에너지가 필요하다는 것을 깨닫게 되었다. 그간 수많은 대화에서 머릿속으로는 딴생각을 얼마나 많이 했는지 내가 얼마나 남들 이야기를 잘 듣지 않는 사람이었는지도 새삼 깨달았다.

다른 사람의 이야기에 집중하는 것은 만만치 않았다. 멤버의 이야기가 재미있고 흥미로운 것을 떠나 그 사람의 눈을 바라보며 놓치지 않는 게 체력적으로 엄청 힘들었다. 말하는 사람을 바라보고는 있지만 머릿속으로는 계속 다른 생각이 차올랐다.

그 다른 생각은 주로 저 사람의 이야기 끝에 덧붙일 '내 이야기'였다. '나도 그런 적 있어서 아는데'라고 말하고 싶은 것이다. 그 사이 내 머리 반대편에서는 '아니야, 이런 생각하지 말고 들어. 제발 저 사람 이야기를 들으라고!' 하며 스스로를 다그쳤다.

사실 멤버의 이야기를 끝까지 집중해서 잘 들으려고 한 까닭은 그의 말이 다 끝난 후에 뭔가 피드백을 줘야 한다고 생각했기 때문이었다. 남편의 말이 다 끝난 후에 "그랬구나." 하는 것처럼 그냥 고개만 까딱할 수는 없지 않은가(남편아 미안하다).

하지만 계속 모임을 진행하면서 어떤 피드백을 전달하는 것보다 진심으로 상대방의 말에 귀 기울이는 것 자체가 더 중요하다는 걸 알았다. 뭔가 해줄 말이 없어 고개만 끄덕이게 될지라도 그 몸짓에 성의가 우러나온다면 충분한 피드백이 될 수 있다. 당신의 말을 잘 듣고 있다는 태도가 보이기만 한다면 대화는 어렵지 않은 일이었다. 그리고 그렇게 듣기 위해 노력하는 마음은 상대방에게 너무도 잘 티가 나는 것이어서 애써 말하지 않아도 멤버들과 소통하는 데 문제될 게 없었다.

◇ ◇ ◇

《처음부터 잘 쓰는 사람은 없습니다》에서는 '제대로 듣는 법을 익혀야 말하고 쓸 수 있다'는 내용이 나온다. 그 자체가 바로 소통이고 소통은 말처럼 쉬운 게 아니라고.

직장에서 늘 일어나는 문제의 시발점 역시 '소통이 안 된다는 것'이다. "전달을 해줘야 할 것 아니야?", "아니, 왜 말을 안 해줘?"라고 떠들지만 나부터가 듣기 위한 노력을 기울였나를 생각해볼 필요가 있다.

듣는 사람의 입장이 되어보니 내가 말하고 있을 때 상대방이 얼마나 내 이야기에 집중하지 못하는지가 훤히 보였다. 자신은 실컷 떠들고 상대가 이야기할 때는 아예 시선을 마주치지 않는 사람이 있는가 하면 자동차 대시보드 위 강아지 인형처럼 연신 고개만 끄덕이는 사람도 있다. 그 사람도 집중이 힘든 것이다. 주고받음이 어려운 세상이다. 진정한 소통을 원한다면 말하기 전에 듣기부터 배워야 할 것이다.

기다리라고 해서
미안해

위급한 상황 시 아이 먼저 구해주세요

이미지를 찾거나 상품을 검색할 때, 아주 잠깐일지 모르는 그 시간 나는 오디오클립을 듣는다. 눈으로 원하는 이미지를 찾지만 오로지 듣는 것에 집중할 수 있어 책을 읽을 때와는 또 다른 감각이 되살아나는 기분이 든다.

최근 요조의 〈세상에 이런 책이〉라는 프로그램이 새로 시작해 리스트를 꺼내놓고 아직 듣지 않은 클립의 제목을 읽었다.

너희가 우리에게
얼마나 실망했을지를 생각해

아무 생각 없이 재생버튼을 누르고 눈을 모니터에 고정한 채 마우스로 딸깍딸깍 이미지를 넘겼다. 여느 때보다 차분한 요조의 목소리는 볼륨을 더 키워야 하나 싶을 만큼 작았다.

그대로 나는 시선을 허공에 멍하니 띄우고 그녀의 음성에 집중했다. 배에 타 있다고 했다. 1천 명이 넘는 사람들이 탄 크루즈라고 했다. 방송을 녹음한 바로 전날은 세월호 4주기였고 이런저런 추모 행사 중 그녀는 노래 몇 곡을 불렀노라고 했다. 세월호 추모를 배에서 하니 이상하다고 했다.

이 방송은 본래 '재미있는데 인기 없는 책'을 소개하는 프로그램이지만 이날 요조는 소설가 윤이형의 글 〈가까이로 띄우는 편지〉를 낭독했다. 한층 더 가라앉은 요조의 목소리를 듣던 나는 작가가 네 살 된 아이를 키우고 있다는 구절에서 멈칫했다.

윤이형 작가는 세월호 아이들을 잊을 수 없다고 했다. 내 아이를 보면 너희가 보이니까 생각하지 않을 수가 없다고. 그 구절에서 나는 다시 멍해지고 말았다. 꽤 긴 편지를 듣다가 눈물을 툭 하고 떨구었다.

울먹임을 최대한 자제하며 낭독하던 그녀의 음성이 잦아들고 덤덤한 멘트로 방송이 끝났다.

"오늘도 무사하세요."

◇ ◇ ◇

며칠 전 아이를 어린이집에서 데리고 집으로 가다가 신호대기에 걸렸을 때 앞에 선 차의 뒷창문에 붙은 메시지가 생소해 사진을 찍어두었던 게 떠올랐다. 나는 휴대폰 사진첩을 뒤져 그 이미지를 찾아 다시 한 번 제대로 읽어보았다.

위급한 상황 시
아이 먼저 구해주세요
여아 RH+O

차 뒤에 붙이는 스티커는 초보운전을 나타내는 문구가 대부분이다. 그와 더불어 아이가 타고 있다는 내용도 많은데, 요즘은 갈수록 멘트가 자극적이고 불쾌한 게 많다.

차 안에 내 새끼가 타고 있다
까탈스러운 왕자님이 타고 있다

사실 이 메시지는 교통사고 같은 위급 상황이 일어났을 때이 차에 아이가 있다는 것을 구급 대원에게 알리는 용도다. 아이는 체구가 작아 사고가 나면 차 밖에서 잘 보이지 않기 때문이다. 그러니 내가 신기하다고 찍은 문구가 사실은 가장 올바르고 필요한 메시지인 것이다.

◇ ◇ ◇

"아이를 먼저 구해주세요."라는 말이 예사로 읽히지 않는 요즘, 언뜻 어젯밤이 생각났다. 외식을 하고 들어와서 텔레비전을 켰는데 홈쇼핑에서 다이어트 식품을 광고하고 있었다. 나는 뭐에 홀린 듯 텔레비전 화면을 뚫어지게 바라보며 결제를 하기 위해 휴대폰을 들었다.

주문을 하려고 귀에 휴대폰을 댔다가 화면에 번호를 누르길 반복하는데, 아이가 앞에 와서 놀아달라고 매달렸다. 나는 아이에게 잠깐만 기다리라고 수차례 말했지만 아이 또한 막무가내였다. 소리를 지르며 나를 부르는 아이에게서 어떻게든 벗어나 주문을 하려는 나. 지금 돌이켜보니 기가 막히다. 그게 뭐라고….

아이가 원할 때마다 항상 돌아봐주는 게 다 옳다고만은 할수 없다. 하지만 요즘 나는 아이에게 기다리라는 말을 부쩍 많이 하고 있다는 걸 스스로 알면서도 모른 척하고 있었다. 그 순간만큼은 기다리라고, 조금만 있어보라고 말할 게 아니라 바로 리모컨으로 전원 버튼을 누르고 아이를 봐줘야 했다.

아이에게 '기다리라'는 말을, '좀 있어봐'를 줄여야겠다고 다짐했다. 다짐이라는 건 나와의 약속일 뿐이기에 쉽게 어길 수 있다는 걸 알지만 그래도, 그래도 다짐해야 했다.

밖으로
밖으로

세상은 문밖에 있다

독립문역에서 엘리베이터를 타고 올라가면 바로 독립문 공원이 나온다. 공원을 가로지른 계단을 따라 쭉 올라가면 이진아기념 도서관이 보인다. 6월 초여름의 도심 한복판의 공원은 말 그대로 푸르고 푸르렀다. 그날은 그 도서관에서 강의가 있었다.

저녁 일곱 시. 꽤 많은 인원이 자리를 차지하고 나를 바라보며 시작을 재촉했다. 그런데 청중이 내가 예상한 연령대보다 훨씬 높은 게 아닌가. 모르긴 몰라도 친정엄마보다 많아 보였다. 물론 젊은 사람도 종종 눈에 띄었지만 70퍼센트 이상이 어르신이었다. 게다가 여성이 대부분일 거란 예상과 달리 절반에 좀 못 미치는 인원이 남자였다. 시작부터 과연 제대로 끝을 낼 수 있을지 걱정됐다. 강의를 시작하며 친근하게 툭 말을 건넸다.

"제가 종종 글쓰기 모임이나 강연을 하러 다니는데, 그중 오늘이 가장 수강생의 연령대가 높네요."

어색한 분위기를 다소 누그러뜨리기 위한 농담이었는데 어떤 분이 이렇게 대답하는 게 아닌가.

"죄송합니다."

아이쿠, 실수했나?

"아닙니다, 아닙니다. 또 다른 경험을 하고 돌아갈 것 같아 벌써 설렙니다."

할머니, 할아버지뻘 되는 분들 앞에서 이야기하려니 한편으로는 긴장됐지만 내가 실수를 해도 껄껄 웃으며 넘어가주시는 게 여느 강연보다 마음이 놓이기도 했다. 주책이 늘어 강의하다가 종종 결혼 생활 이야기, 시댁 이야기, 아들 자랑 같은 걸 하는데, 이날만큼은 다들 굉장히 만족하며 들어주셨다.

연령대가 높아서 수업 후반으로 갈수록 집중도가 흐려지지는 않을까 우려한 것과 달리 수강생들은 끝까지 반짝이는 눈빛으로 진지하게 강의에 집중했다. 게다가 내가 하는 말 한 마디라도 놓칠세라 메모하고 강의 화면을 연신 휴대폰으로 촬영하기도 했다.

그날의 수강생을 보며 나도 이분들처럼 나이가 들었으면 좋겠다고 생각했다. 눈 건강이 허락한다면 계속 책을 읽고 싶고 도서관에서 하는 인문학 강연도 들으러 다니고 꾸준히 글을 쓰는 사람, 안에만 머무르지 않고 밖으로 나가는 사람이 되고 싶다.

◇ ◇ ◇

무사히 강연을 끝내고 도서관까지 마중 나온 남편과 아들을 만났다. 도서관의 웅장한 크기를 보며 아들이 "엄마 회사 멋지다!"고 엄지손가락을 치켜세웠다.

"엄마 회사는 아니고, 엄마가 오늘 일한 곳이야. 멋져?"

"응, 멋져!"

한 시간을 달려 집에 거의 다 도착했을 때 아웃도어 브랜드인 '블랙야크' 매장 건물에 걸린 간판이 보였다.

세상은
문밖에 있다

그날 그들이 나간 문밖이 헛걸음은 아니었길 바란다.

울다 잠든 적
있나요?

나쁜 추억도 얼룩도 한 번에 지우고 싶을 땐?

,

나쁜 추억도 얼룩도
한 번에 지우고 싶을 땐?

이 카피가 써진 세제 광고 화면에서 손가락이 갈팡질팡하고 있었다. 짙은 남색 베개에 보일 듯 말 듯한 얼룩이 보이는데 아마도 눈물 자국을 연출한 모양이다. 베개에 눈물 자국이라… 울다 지쳐 잠들던 때가 떠올랐다. 사귀던 남자친구에게 처음으로 이별통보를 받은 날이었다.

연애를 하다 보면 그럴 때가 있다. 속 시원하게 원하는 걸 말하면 될 텐데 자존심 세우느라 말하지 않고 고비를 맞을 때.

당시는 복학한 남자친구의 시험기간이었다. 나는 이미 졸업하고 직장에 다니는 상태라 최대한 그의 스케줄에 맞추고 있었다. 그날은 일요일이었고 토요일에도 공부할 남자친구를 배려해 만나지 않았던 터라 나는 "일요일에 잠깐이라도 얼굴 볼까?"라고 말하지 않는 그에게 조금 화가 나 있었다.

나만 그를 배려하고 있단 생각에 남자친구가 나의 눈치를 볼 거라 믿어 고자세를 취했다. 짬을 내 전화를 건 그의 말끝마다 짜증을 내며 만나든 말든 상관없다는 식으로 굴었다. '시간이 지나면 나를 달래주겠지, 미안하다 하겠지' 생각했다. 한참을 별다른 대화 없이 "응.", "어.", "아니?", "그러든지."만 대답하던 그때 들릴 듯 말 듯 나지막이 한숨을 푸 하고 쉰 그가 입을 열었다.

"이따가 저녁에 너희 집 앞으로 갈게."

난데없는 그의 말에 '그럼 그렇지'라고 생각했고 나는 왜 굳이 집 앞으로 오느냐고 물었다. 한층 가라앉은 목소리로 그는 "할 말이 있어."라고 간단히 대답했다. 그러거나 말거나, 나는 알았다고 대충 대답하고 전화를 툭 끊었다. 전화를 끊은 뒤 한참 휴대폰을 째려보는 것도 잊지 않고.

그날 저녁 8시쯤 되었을까? 전화를 건 남자친구가 집 앞이라며 잠깐 나오라고 했다. 잠깐 나오라고? 어디 가려는 거 아니었나? 고개를 갸우뚱한 채로 전화를 끊었다. 얇은 카디건 하나를 걸치고 지갑을 손에 쥔 채 집 앞으로 나가니 남자친구의 차가 보였다. 남자친구는 시동을 꺼놓은 차에서 나오지도 않았다. 나는 살짝 어리둥절하며 조수석에 탔다.

"뭔데? 할 말이?"

화가 풀리지 않았음을 어필하고 싶은 난 여전히 톡 쏘듯 말했다.

"저녁 먹었어?"

뭔가를 꾹 눌러 담듯 감정을 정리한 그가 물었다.

"안 먹었다. 왜?"

굽힐 줄 모르는 나의 차가운 말투에 남자친구는 작게 한숨을 쉬더니 이내 말을 이었다. 그의 시선은 핸들에 고정된 채였다.

"요 며칠 생각해봤는데… 우리 그만 만나자."

"뭐? 지금 무슨 소리 하는 거야?"

헤어지자는 말이 나올 줄은 단 1퍼센트도 예상하지 못했던 나는 황당함에 할 말을 잃었다. 그는 하루 이틀 생각한 게 아니라면서 그만 만나는 게 좋을 것 같다고 재차 말했다. 요는 학생인 자신과 직장인인 내가 자꾸 어긋나는 생활 패턴에 지쳤고 결과적으로 홀가분해지고 싶다는 이야기였다.

그의 말을 다 듣고도 5분쯤 아무 말도 하지 못하고 씩씩거리다 눈에서 억울한 눈물을 뚝뚝 흘리기 시작했다. 이런 식으로

일방적인 이별통보를 하는 그에게 화가 났다. 감정을 어느 정도 추스른 후 "알았어."라고 차갑게 내뱉은 뒤 차 문을 쾅 닫고 집으로 들어갔다.

내 기억에 살아오면서 그날처럼 많이 울었던 적은 없었던 것 같다. 현관문을 닫고 신발도 벗지 않은 상태로 서서 엉엉 울었다. 나는 여전히 그를 많이 사랑하고 있었다. 단순한 티격태격 다툼이라 생각했는데 끝이라니. 평소처럼 잘못했다고 하고 맛있는 것 먹으며 속상한 마음 풀어주고, 뭐 그럴 줄 알았다. 좋아하는 사람에게 버림받는 기분이 어떤지 그날 처음 알았다.

밤을 지새우고 기울었던 해가 다시 차오를 때까지 울었다. 엄마는 결혼한 언니네에 조카를 봐주러 간 상태였다. 왜 우냐 묻는 사람 없고 괜찮다고 달래주는 사람 없이 혼자여서 너무 외로웠지만 한편으로는 마음껏 울 수 있어 다행이라 생각했다.

불현듯 이건 아닌 것 같다는 생각이 들어 그에게 전화를 걸었다. 자존심이고 뭐고 이대로 헤어지면 안 된다고 생각했다.

"내가 잘못했어. 미안해. 이러지 마."

"……."

그는 끝내 나를 받아주지 않았다.

3년의 연애는 그렇게 허망하게 끝났다. 제대로 된 이유도 듣지 못한 채.

울다 지쳐 잠들어본 사람은 안다. 이별 통보를 받아본 사람은 안다. 지구에 나 혼자 덩그러니 남겨진 것 같은 무서움. 사방이 어두운데 스위치가 보이지 않는다. 손을 뻗어 더듬어볼 수도 없다. 내 편이 사라진 기분. 난 이제 어떻게 살지? 다시 시간을 되돌리고 싶은 마음뿐이었다. 그럼에도 다음 날 출근해야 했다. 세상은 내 이별을 위해 멈춰주지 않았으니까.

내려놓기
힘들 땐

내려놓기 힘들 땐 15% 쿠폰

나는 회사에서 고객을 상대로 매달 제공하는 쿠폰의 타이틀 적
는 일을 한다. 쿠폰을 그냥 주는 것보다 구실을 만들면 더 그럴
싸해 보이니까 매달 다른 이유를 들어 작명을 한다. 7월 쿠폰의
이름은 무엇으로 할까 하다가 휴가 때고 시즌 오프 할인도 많이
하니 쇼핑을 많이 할 걸 예상해 이렇게 썼다.

내려놓기 힘들 땐 15% 쿠폰
자제하고 자제해도 내려놓기 힘든
물건을 만났을 때
15% 쿠폰으로 부담을 덜어내세요

내가 썼지만 참 영악하게 구매를 조장하는 글이 아닌가 싶다. 나는 어떤 카피를 쓰든 나의 경험과 상황에 자주 빗대어보곤 하는데 이 '내려놓기 힘들다'라는 표현 또한 나의 경험에서 나온 것이다. 여기서 '내려놓다'는 마음을 내려놓는다, 즉 포기하는 것과 사고 싶은 물건을 손에서 내려놓지 못하고 안절부절하는 모양새를 뜻한다.

◇ ◇ ◇

오래전, 몇만 원짜리는 고민 없이 쓸 수 있으면 좋겠다고 생각했다. 맞벌이 월급이라는 게 다 거기서 거기고 월급을 따박따박 저축하며 살 수 있는 게 아니라 대출에 할부에 쓸 곳이 많다 보니 거의 그달 벌어 마이너스만 안 나면 다행일 정도였다. 그렇다 보니 뭐가 갖고 싶어도 사지 못하고 끙끙거리는 날이 많았다. 그때는 정말 조금의 여유자금이라도 있으면 좋겠단 생각이었다. 그 정도도 없이 기름칠하지 않은 자전거 굴러가듯 매일 빡빡하게 살았다.

하지만 지금은 그때와 달리 어느 정도 사정이 나아졌다. 그래서인지 요즘 나는 뭔가가 사고 싶어지면 그때의 한풀이라도 하듯 일단 사고 본다. 그런 나를 보고 남편이 '돈 쓰는 귀신이 붙었냐'고 했을 때 나는 이렇게 대꾸했다.

"살 수 있을 때 살 거야. 사고 싶어도 못 사고 내려놓았던 날들에 대한 보상."

내가 몇백만 원짜리를 척척 사는 것도 아니고, 내가 사고 싶은 사소한 것들은 내 부수입으로 해결하고 있으니 내 말을 들은 남편도 그러려무나 하고 고개를 끄덕이고 만다.

앞으로도 나중의 행복을 위해 지금 먹고 싶은 카페라테를 참지 않을 것이다. 까마득한 미래를 더듬으며 한숨 쉬기보다 지금 내가 서 있는 오늘의 행복에 집중하고 싶다. 사고 싶었던 물건을 마음에서 내려놓기보다는 계산대에 내려놓는 삶을 살 것이다.

벌써 낫는 것
같은 말들

에구, 많이 아프셨겠네요

얼마 전 시어머니께서 담가주신 총각김치가 제대로 익었다. 방금 끓인 얼큰하고 오동통한 라면에 아삭한 김치를 한 입씩 베어 무는데 천국이 따로 없다. 라면 한 그릇을 게 눈 감추듯 흡입하고 배 두드리며 텔레비전을 보는데 속이 어딘가 살짝 불편해지는 게 느껴진다. 너무 급하게 먹었나? 밥은 말아 먹지 말걸.

다음 날 등을 곧게 펴지 못할 정도로 명치가 쑤셔 내과에 갔다. 대기실에 앉아 있다가 이름이 불려 진료실로 들어갔다. 보통은 "어디가 아프시죠?" 한두 마디면 끝인데, 오랜만에 간이 침대에 누워 의사가 배를 꾹꾹 눌러주는 진찰을 받았다.

청진기로 배를 꼼꼼히 진찰한 의사는 체온을 재더니 열이 있다고 했다. 그리고 보니 어제 계속 미미한 두통이 있었다. 장염

증세가 보인다고 결론 내린 의사는 주사를 한 대 맞고 가라고 했다. 주사를 맞고 병원 1층에 있는 약국에 가 처방전을 내밀고 약을 받았다. 얼른 낫고 싶은 마음에 사무실에 도착하자마자 정수기로 직행, 물을 받아 약 한 봉지를 뜯어 알약을 삼켰다. 그제야 약 봉투 뒷면에 써진 각 알약들에 대한 성분, 효능 표시가 눈에 들어왔다.

평활근 경축을 완화시킴으로써
항경련 및 진통 효과를 나타냄.
위장운동 조절 및 항경련 작용을 통해
각종 소화장애를 개선
장내균총을 정상화함으로써 여러 장내 이상증상을 개선
체온조절중추에 작용하여 열을 내리고 통증을 해소
항균작용을 통해 각종 세균감염증을 치료

하얗고 빨간 알약들이 내 몸 속에 들어와 각각 어떤 역할을 하는지 써놓은 글이었다. 어쨌거나 약이니까 아픈 곳을 낫게 해준다는 결론이었지만 그에 따른 아주 미세하게 다른 효능에 적힌 단어들이 은근하게 내 마음까지 위로하고 있었다.

완화, 진통, 개선, 정상화, 통증 해소, 치료… 모두 '다 괜찮아질 것이다', '나아질 것이다'라는 의미의 단어들이다. 이 단어들을 하나씩 똑똑 끊어 발음해보며 병원에 갔을 때 의사나 간호사가 건네는 한마디가 얼마나 위안되는지 떠올려보았다.

> 에구, 많이 아프셨겠네요
> 약 먹고 푹 쉬시면 금방 좋아지실 거예요
> 제가 빨리 낫는 약으로 지어드릴게요

어디어디가 아프다는 환자의 이야기를 듣고 "네, 알겠습니다." 하고 마는 의사가 적지 않은 반면, 말 한 마디라도 굳이 보태며 아픈 환자를 달래주는 의사를 만나면 얼마나 반갑고 감사한지.

초등학교 6학년 봄방학, 손을 세탁기에 잘못 넣었다가 접합수술을 받은 적이 있었다. 1차로 동네 정형외과에 가서 응급처치를 받았는데 오른손 중지가 거의 잘리고 신경 한 가닥이 간신히 연결된 상태였다. 손가락 하나를 영영 잃을지도 모른다는 생각에 두렵고 무서웠다.

사고가 났을 당시 엄마가 집에 없어서 병원에는 언니와 나둘뿐이었다. 다시 말해 보호자라고 해봐야 중학생 언니뿐이었고 엄마는 병원에 아직 도착하지 못한 상태였다. 간신히 불안한 마음을 누그러뜨리며 앉아 있는데, 응급치료를 해주던 간호사 한 명이 나에게 이렇게 말했다.

"손을 빼려고 세탁기에 넣었니?"

그녀는 아무렇지도 않게, 농담처럼(희미하게 웃었던 것도 같다) 그런 말을 던졌다. 하지만 정작 그 말을 들은 손가락이 잘린 당사자는 어떤 심정일지 생각해보았을까? 이렇게 큰일이 났는데 가뜩이나 집안의 어른이 없는 상황에 어린아이가 홀로 느꼈을 공포를 헤아려보긴 한 걸까?

어떤 말은 아무리 시간이 흘러도 절대 잊을 수 없다. 특히 내가 곤경에 처했을 때, 아프거나 약한 처지에 있을 때 상대방이 나에게 했던 말은 죽어도 안 잊히는 법이다. 날이 선 채로 마음에 날카롭게 꽂혀 있다.

열세 살 때 들었던 그 말은 서른아홉이 된 지금도 귓가에 대고 말하는 것처럼 선명하게 기억난다. 절대 잊을 수 없다. 반면 약 봉투에 인쇄된 괜찮아질 거라는 의미의 말들은 단순히 효능을 정리한 것뿐일지라도 약을 먹기 전부터 낫는 것처럼 느끼게 해주기에 충분했다. 무릇 내가 쓴 카피에 쓰여진 한 글자, 단어, 문장으로도 누군가에게 위로가 될 수 있다는 걸 잊지 말아야겠

다. 어쨌거나 물건을 팔 요량으로 상대방의 상처를 건드리는 문
장은 쓰지 않을 것이다.

나쁜
에너지

남에게 상처 주는 말을 벼르는 재능은 없느니만 못하다

인터넷 서점에서 가끔(이라기엔 좀 자주) 내 책의 후기를 찾아본다. 그날도 전처럼 책 후기나 좀 볼까 하고 들어갔는데 내가 알기로는 거의 처음으로 아주 심한 악플이 달렸다. 별점은 한 개였고 왜 읽어야 하는지 모르는 책이라는 내용이었다.

그는 내 책을 읽는 내내 고구마를 100개쯤 먹은 것 같은 답답함을 느꼈다고 썼다. 무플보다는 악플이 낫다고 하지만 그래도 막상 직접 겪어보니 악플에는 발끈하고 욱하게 만드는 뭔가가 있었다. 아마도 내가 속이 좁고 소심해서 그럴지도.

지금부터 하려는 이야기가 '내 책은 그런 책이 아니에요!'라는 반박은 아니다. 《처음부터 잘 쓰는 사람은 없습니다》라는 책에는 글쓰기 강의를 자주하는 저자가 학생들에게 조언할 기회가 생기면 꼭 당부하는 말이 나온다. 바로 악플을 쓰지 말라는 내용이다. 저자는 "당신이 쓴 글을 세상 누구도 안 읽을 수 있지만 당신 자신은 읽는다."고 말한다. 누군가를 향한 나쁜 말이지만 결국 그 이야기를 자신이 먼저 읽는다는 것이다.

남에게 상처 주는 말을 벼르는 재능은
없느니만 못하다
남이 어떤 말에 아파할지 궁리하며
에너지를 쓰지 말자

_이다혜,《처음부터 잘 쓰는 사람은 없습니다》

이 부분을 읽으며 누군가를 미워하는 것이 결국 나 자신을 괴롭게 한다는 말을 새삼 떠올렸다. 정말 그렇다. 미워하는 사람이 있으면 안 좋은 감정을 가지는 건 나다. 따라서 남을 미워하는 내 안에는 검은 에너지가 부글거리는 것이나 마찬가지다.

그런 기운을 가진 채 행복하고 쾌적한 하루를 보낼 수 있을 것 같지는 않다. 정작 내가 미워하는 상대방은 내 속도 모르고 방글방글 웃으며 잘 살고 있다. 누군가를 미워하며 겪는 고통이 결국 나에게 가장 큰 영향을 미치는 것이다.

더불어 인상적이었던 부분은 "악플을 한 번만 쓰는 사람은 없는 법이라, 타인에 대해 아무렇게나 해버리는 나쁜 말은 쉽게 습관이 된다"는 것이었다.

나는 내 책에 악플을 달았던 사람의 블로그에 들어가봤다. 많지는 않았지만 몇몇 독서 후기가 있었는데 거의 대부분이 안 좋은 내용이었다. 역시 이 사람은 처음이 아니었다.

나는 악플을 달아본 적이 없다. 소심하고 겁이 많기도 하지만 글을 쓰고 책을 몇 권 내보니 남들 눈에는 쉬워 보일지 몰라도 막상 당사자는 얼마나 힘이 드는지 알았기 때문이다. 세상에 쉽게 쓴 책은 없다. 독자의 개인적인 감상까지는 어쩔 도리가 없지만 화가 나고 억울한 감정을 공개적으로 토로하기 전에 만든 사람들의 수고를 한 번만 더 생각해주면 좋겠다. 책 한 권을 만들기 위해 못해도 열 명 이상의 사람들이 달라붙는다. '그건 그 사람들의 일이지'라고 넘겨버릴 게 아니다. 그들이 책을 세상 밖으로 내놓기 위해 애쓴 마음을 너무 홀대하지 않았으면 좋겠다. 뚝딱 쓰는 댓글처럼 뚝딱 나오는 책은 없다.

보상받고
싶은 날

'보상'에 조금이나마 보탬이 되었으면 좋겠습니다

'뭔가를 통해 자꾸 보상받고 싶어지는 날이다.'

2018년 10월 21일, 나의 인스타그램 글이다. 누구에게나 그런 날이 있다. 무기력하고 아무것도 하기 싫고 출근은 했는데 '아, 반차 낼까' 싶고…. 10월 21일이 나에게 그런 날이었다. 텅 빈 사무실에 1등으로 출근했는데 몸은 천근만근, 달력에는 해야 할 일들이 줄줄인 터라 보상을 받고 싶었다.

사람들은 순간의 감정을 흘려버리지 않고 인스타그램에 남긴다. 글을 올리면서 나를 아는 사람들이 남겨줄 댓글을 기다리기도 하고 아닐 때도 있다. 말마따나 그냥 남기는 것이다. 보상처럼 남겨질 위로의 댓글을 기다리는 것일지도 모르고.

"맛있는 거 먹어야겠네."

"휴가임돠~"

"쇼핑."

그날의 댓글은 이러했다. 그렇게 잊고 있었다. 아침부터 써야 하는 카피와 원고가 많았다. 정신없이 오전을 보내고 오후가 되어서야 조금 한숨 돌리나 싶어 모니터에 코를 박은 채 멍때리고 있었다.

"유미님."

들릴까 말까 작은 목소리로 다가와 나를 나직이 부른 사람은 동료이자 후배인 에디터 B였다. 활달하고 밝은 성격이지만 내 앞에서만 유독 긴장을 많이 하는 친구. 매번 고맙게도 내 책을 사주고 눈에 보이게 설레는 표정으로 사인을 받으러 오는 B. 이번에도 B는 한껏 긴장된 얼굴로 나를 불렀고 손에 들고 있던 내 책《그럼에도, 내키는 대로 산다》를 내밀며 사인을 부탁했다. 그러고는 작은 엽서와 함께 조그만 상자에 담긴 조각 케이크를 건넸다. 나는 사인을 해주며 "뭘 이런 걸 사왔어?"라고 했고 그녀는 수줍어하며 말을 채 잇지도 못하고 빙그레 웃었다.

회사 동료들이 직접 구입한 내 책에 사인을 해줄 때면 나도 긴장을 한다. 겉으로 티 내지 않으려 애쓰면서 사인을 마치고 "고마워."라고 말했다. B는 책을 진작 샀고 벌써 다 읽었지만 일이 바쁘기도 했고 뭔가 여유가 생기지 않아 오늘에서야 사인을 받으러 왔다고 했다. 나는 "아무려면 어때, 내가 더 고맙지."라고 대답했다. 조금 더 친했더라면 어깨라도 톡톡 치면서 농담을 건넸을 텐데 나도 낯을 가리는 사람이라 허허 어색하게 웃으며 보낼 수밖에 없었다.

케이크 상자를 한쪽에 미뤄놓고 B가 주고 간 엽서를 읽어봤다. 작고 꼼꼼한 손 글씨를 읽어나가다 눈물이 핑 돌아 눈시울이 붉어졌다.

저의 편지와 마음이
오늘 유미님이 받고 싶으셨던
'보상'에 조금이나마
보탬이 되었으면 좋겠습니다

정작 나는 잊고 있었는데 B는 내 인스타그램을 보고 이렇게 직접 편지를 쓰고 케이크까지 사왔던 것이다. 엽서에는 본인 또한 오늘이 조금 힘든 날이라 힘을 얻고 싶어서 사인을 받으러 왔노라고 써 있었다. 별것 아닌 내 사인이 그녀에게 힘이 될 수 있다니.

몇 달 사이 회사 에디터 몇몇의 퇴사가 있었다. 주변 동료가 회사를 떠나면 당연히 영향을 받는다. 나도 이제 이직을 해야 하는 건가 싶은 불안감마저 든다. 나도 사회 초년생 때 그런 경험을 했다.

B의 엽서에도 그런 이야기가 있었다. 동료들이 떠나서 마음이 힘든 모양이었다. 그녀는 나 또한 쓰고 싶은 글만 쓰는 건 아닐 텐데 묵묵히 자리를 지키는 모습이 보기 좋다고 했다. 쳇바퀴처럼 돌아가는 내 일상이 누군가에게는 든든한 버팀목처럼 여겨질 수도 있다는 생각이 드니 괜히 자세를 고쳐 앉게 되었다.

B가 단순히 책에 사인을 받으러 온 것이 아닌 것 같아 그날 저녁 B에게 메일을 썼다.

…사실 어제 오랜만에 강의하고 몸살이 나서 오늘 출근 하는 게 너무 힘들었거든.
휴가 내고 싶은데 일이 많아서 그러지도 못했어. 그래서 그런 글을 남겼나 봐.
근데 뜻밖에 B님이 주고 간 선물 때문에 정말 정말 보상 이 됐어. 너무 고마워.
B님 말처럼 나도 쓰고 싶은 글만 쓰지 못하며 지내지.
써야 할 것들이 너무 많아. 쓰고 싶은 것보단. 그래도 어 쩌겠어. 쓰고 싶은 것을 쓰기 위해 써야 하는 것들 먼저 해결해야지.

사무실에 들어가면 자리에서 거의 일어나지 않는 터라 화장실 갈 때마다 지나치는 동료들을 보는 게 전부인데 요즘 B를 보면 예전보다 어깨가 조금 아래로 떨어져 있는 것을 느꼈다. 그런 것을 감지했지만 선배로서 등 한 번 다독여주지도 못했다. 반면 나의 힘들다는 신호를 그냥 지나치지 않고 마음을 전한 B가 어떤 면에서는 나보다 선배구나 싶었다.

가족은
나의 짐

무거워 니가 좀 들어

알록달록한 선물 상자를 잔뜩 들고 있는 남자가 누군가를 향해
말한다.

무거워
니가 좀 들어

이 광고는 신촌 지하철 역사 통로에 커다란 전광판에서 보았
다. 퇴근길 우연히 자극적이지만 시선을 끄는 이 카피를 보고 사
진을 찍어뒀다. 그렇게 잊혀지는가 싶었는데 최근 덮어두었다
가 다시 읽기 시작한 이시은의 《오랜 시간, 다정한 문장》이란 책

의 '사람은 다들 누군가의 짐이야'란 꼭지의 내용을 읽다가 불현 듯 이 카피가 떠올랐다. 저자는 남편과 떠나는 여행 전 짐을 꾸 리면서 우리가 한 번쯤 짐이라 여겼던 '가족'에 대해 말한다.

나도 가족을 짐이라 생각해본 적이 있다. 어쩌다 엄마가 큰 빚을 지게 됐고 아직 대학생이었던 나와 이제 막 사회생활을 시 작한 언니는 그 빚을 함께 갚아야 했다. 왜 엄마가 그런 일을 벌 였는지 너무 원망스럽고 이해되지 않았다. 사는 게 버거워서 가 족이란 짐을 내려놓고 혼자가 되면 얼마나 홀가분할까 생각했 다. 이런 가족이라면 차라리 없는 게 낫겠다고 생각한 것이다.

결혼을 하지 않으려고 한 것도, 자식을 낳지 않으려고 결심 한 것도 과거 내가 겪은 고통과 시련 때문이었다. 내게 생긴 가 족이 또 다른 짐이 될지도 모른다는 게 싫었다. 내 부모와 형제 의 가족은 어쩔 수 없지만 내가 결혼하지 않고 아이를 낳지 않 는다면 나로부터 시작되는 짐은 생기지 않을 테니까.

지극히 개인주의자였던 나는 혼자만 잘 살면 된다고 믿었다. 어리석다면 어리석다. 나 또한 누군가의 짐이 될 수도 있다는 점은 고려하지 않고 무릇 남에게 피해만 주지 않으면 되는 것처 럼 행동하고 다녔으니까. 가족은 짐이 될 수 있다. 하지만 그 짐이라 여긴 가족 때문에 버티고 사는 지금의 내 모습도 인정하지 않을 수 없다.

◇ ◇ ◇

그때 빚 때문에 결국 집을 팔고 당분간 지낼 곳이 마땅치 않아 엄마와 떨어져 지내야만 했다. 몇 주였지만 엄마는 지인의 단칸방을 빌려 지냈고 언니와 나는 아는 언니의 집에 얹혀 살았다.

처음에는 그럭저럭 지낼 만했다. 하지만 시간이 지날수록 떨어져 있는 엄마 생각이 자꾸 났다. 엄마가 잘못했으니까 엄마랑 떨어져 사는 건 당연하다고 생각했으면서 엄마가 그립고 보고 싶었다.

2주가 지났을까? 훌쩍거리며 엄마에게 전화를 걸어 단칸방이어도 좋으니 함께 있자고 말했다. 당시로써는 셋이 함께인 게 가장 힘이 될 것 같았다.

이제와 생각해보니 가족이나 동료가 짐처럼 느껴질 때 물건처럼 서로 나눠 든다고 생각하면 덜 힘들지도 모르겠다는 생각이 든다. 때로 그들에게 '내가 짊어진 짐이 좀 무거운데 나눠 들어줄 수 있어?'라고 조금은 가볍게 말해도 좋을 것이다.

부자 언니에게
선물하기

싸게 산다고 우리 사랑이 싼 건 아니야

;

지난 초여름, 코엑스몰에 '삐에로 쑈핑'이 문을 연다고 한창 난리들이었다. 일본의 '돈키호테'같이 번잡하고 별의별 물건을 다 파는 콘셉트라고 해서 찾아갔는데, 물건이 너무 많아서 도대체 뭘 사야 할지 정신이 하나도 없었다.

싸게 산다고
우리 사랑이 싼 건 아니야

삐에로 쑈핑에서는 특이하게 중고명품을 팔고 있었는데 그 앞에 이런 문구가 붙어 있었다. 위트 있고 재미있다.

"싸게 산다고 우리 사랑이 싼 건 아니야"라는 카피를 물끄러미 보고 있자니 이런 생각이 들었다. 어떤 사람에게 싼 물건을 사준다고 해서 관계의 척도가 달라지는 걸까?

◇ ◇ ◇

얼마 전 팟캐스트 〈송은이, 김숙의 비밀보장〉을 듣는데 어떤 애청자가 이런 질문을 했다. 아는 언니 중에 부자인 언니가 있는데 이 언니가 웬만한 건 다 가지고 있을 뿐더러 워낙 명품만 쓰다 보니 생일 선물로 뭘 해줘야 할지 모르겠다는 거였다.

두 DJ는 정말 그런 경우가 있다고 공감하며 진짜 그들이 아는 '부자 언니'에게 전화를 걸었다.

"언니, 언니는 다 비싼 것만 쓰고 웬만한 건 다 갖고 있잖아요. 혹시 명품 이런 거 말고 어떤 선물 받았을 때 좋았어요?"

그 아는 언니는 굉장히 호쾌하게 웃으며 대답했다.

"얼마 전에 손톱에 붙이는 스티커를 받았는데 그거 너무 좋더라고! 올리브영인가? 거기서 판다던데 난 그런 데를 갈 일이 없어서 그런 게 있는 줄도 몰랐거든. 바빠서 시간이 없는데 네일숍 가는 시간도 줄여주고 너무 간단해서 신기하고 좋았어."

정말 의외의 물건이었다. 나를 포함해서 두 DJ도 깜짝 놀랐다. 그 언니 왈, "비싼 거 필요 없고 아이디어 상품 같은 것 받으면 기분이 좋더라. 트래블 파우치 같은 것도 있는 줄 몰랐는데 선물 받고 알았고, 그냥 일반적으로 나이키 운동화나 아디다스 운동화 같은 것도 좋아해."라고 답했다(그들은 그런 걸 접할 일이 잘 없다고 한다).

내가 이 내용에 귀가 솔깃한 이유는 우리 언니 때문이다. 언니도 내 기준에서 부자라면 부자이기 때문에 매번 선물할 때마다 뭘 사줘야 할지 늘 고민스러웠다.

그래서 나는 어느 순간부터 언니 생일에는 무조건 책을 선물한다(양심상 세 권 정도). 언니가 책을 워낙 좋아하기도 하고 책은 많으면 많을수록 좋기 때문이다.

책은 유일하게 가격을 먼저 떠올리지 않는 선물이다. 책 가격이야 대단한 아트북이 아니고서야 거기서 거기다. 가격보다 내용이 얼마나 이 사람에게 필요한 이야기인지가 더 중요하다. 한 사람을 위한 큐레이션에 들이는 시간은 명품 선물을 고르는 것에 비할 바가 되지 못한다(라고 나는 생각한다).

그러니 우리 모두 책을 선물합시다!

나에게
없는 사람

나 우리 아빠랑 놀러 간다!

잠이 솔솔 오기 시작하는 오후 세 시. 옆자리 직원의 눈치를 보며 꾸벅꾸벅 졸다가 안 되겠다 싶어 휴대폰을 들고 회사 2층에 있는 테라스로 나갔다. 구석에 있는 벤치에 앉아 당연하게 인스타그램에 들어가 사진들을 넘겨보는데 얼마 전 시골로 내려간 동료 직원이 올린 현수막 사진이 눈에 띄었다.

나 우리 아빠랑
놀러 간다!

봉화 백두대간 수목원을 광고하는 문구였다. 남들에게는 아무렇지 않을 그 현수막 사진을 한참 바라봤다. 나는 자연스럽게 내게 없는 사람을 떠올렸다. 초등학생도 아니고 몇 년 후면 초등학생 자녀를 둔 엄마가 될 내게 없는 아빠라는 존재. 머릿속에선 이 한마디가 계속 맴돌았다.

'아빠 없는 애들이 봤다면…'

아마 굳이 '아빠'랑 놀러 간다고 현수막 문구를 쓴 데에는 평소 바쁜 아빠들이 아이들과 자주 놀아주지 못하니 그 점을 강조하면 더 기뻐할 거라는 추측이 들어갔을 것이다.

◇ ◇ ◇

얼마 전 김달님의 《나의 두 사람》을 읽었다. 첫 페이지를 읽자마자 눈시울이 붉어져 지하철에서 된통 혼이 난 나는 이 책을 아껴 읽기 시작했고, 그럼에도 이틀 만에 다 읽었다.

작가는 할머니와 할아버지 손에 자랐다. 누군가의 부모이기보다 자식인 게 더 어울리는 자신의 부모를 대신해 오십 살이 넘어 자식을 다시 키우게 된 조부모의 이야기였다. 부모가 없지만 부족함 없이 사랑을 받고 자란 그녀의 잔잔한 일화를 읽노라면 가서 손이라도 덥석 잡아주고 싶은 심정이 되었다. 그 책을 읽고 난 직후라 더 그랬을까? '나는 우리 아빠랑 놀러 간다'는 카피가 조금 속상했다.

별거 아닌 수목원 현수막 보고 너무 깊게 들어갔나 싶지만 마음이 쓰이는 건 어쩔 수 없었다. 잠은 달아났지만 착잡해진 기분으로 휴대폰을 주머니에 넣었다. 사무실로 들어가는 길 다짐을 하나 했다. 나도 모르게 이런 카피를 쓸 때마다 다시 한 번 당연하지 않은 사람들을 돌아봐야겠다고.

그곳에서 함께 한 게
너무 많아

우리는 학교에서 함께 해본 것이 너무 많다

,

퇴근 후 합정역에서 지하철을 기다릴 때 보이는 광고판이 있다. 싱그러운 나뭇잎 배경에 교복을 입은 남녀 학생 셋이 카메라를 향해 활짝 웃고 있다. 그 아래 보이는 카피.

우리는 학교에서
함께 해본 것이 너무 많다

서울시 교육청 공익광고 중 하나로, 학교라는 공간에서 교과 공부 이외에 아이들이 상호작용을 통해 배운 중요한 사회적 미래적 가치를 상기시켜보고자 만들었단다. 성적이나 경쟁력보다

협력적 인성이 우리 사회를 더 따뜻하게 만들어 갈 것이라고.

◇ ◇ ◇

어제 글쓰기 모임의 주제는 '공간'이었다. 함께 읽은 책은 김애란의 《바깥은 여름》 중 '입동'이었다.

'입동'을 고른 이유는 '집'이라는 공간에 대한 묘사가 탁월하기 때문이었다. 작품 속 어렵사리 대출을 받아 생애 처음으로 집을 장만한 젊은 부부가 그 집을 꾸며 나가는 과정이 마치 거울 속 나를 비춰보는 것 같았다.

어쨌거나 읽어 온 소설에 대한 이야기를 간략하게 나눈 뒤, 내가 살던 이 공간에 새로 이사 오게 될 누군가에게 집에 대한 당부의 메시지를 남기는 글을 각자 써보기로 했다. 멤버들이 공간에 대한 어떤 이야기를 써낼지 궁금했다.

결혼 후 짧은 시간 동안 여러 번 이사를 경험한 나는 집에 대해 할 말이 많다. 나의 첫 신혼집은 주상복합 오피스텔 원룸이었고, 1년 뒤 이사한 곳은 방이 세 개에 앞뒤 베란다가 시원하게 트인 23평 아파트였다. 그다음 전세자금을 줄여서 이사해야 했던 다세대 주택 2층을 거쳐 지금은 도심에서 좀 떨어진 외곽의 신축 빌라에 살고 있다.

나는 7년 동안 세 곳을 거치고 무리하게 대출을 받아 지금 살고 있는 집을 매매했다. 전셋집에 살면 2년이 참 빨리 간다. 1년은 말할 것도 없다. 살림살이가 이제 좀 자리를 잡은 것 같으면 다음 집을 알아봐야 한다.

사실 지금도 내 집이라곤 하지만 은행에 매달 월세를 내며 사는 거나 다를 게 없다. 대출 원금과 이자를 감당할 수 있을까 걱정스러웠지만 무리해서 집을 샀던 이유는 이사 다니는 게 지겨워서였다. 형편이 되면 전세금을 올려주면 되겠지만 매년 80퍼센트 이상 인상되는 금액을 감당할 자신이 없기도 했다.

공간에 대한 이야기를 하면서 그 공간에 함께 있던 사람에 대한 이야기를 빼놓을 수 없다.

결혼 전 연애할 때를 떠올려보면 데이트 코스라는 게 다 거기서 거기다 보니 과거 애인과 갔던 곳을 현재 애인과 가지 않을 수 없었다. 그럴 때면 나는 가급적 다른 곳으로 약속 장소를 변경했다. 생각하지 않으려고 해도 (그 사람과 어떤 이유로 헤어졌건 간에) 자연스럽게 지난 사람이 떠올라 괴로운 때가 많았으니까. 그리움이 괴로움이 되는 순간이 찾아오곤 했다.

어제 글쓰기 모임의 한 멤버는 그럴 경우 자신은 더 많은 사람과 같은 공간에 간다고 했다. 한 사람이 떠오르는 게 아닌 이 사람 저 사람 생각나는 게 오히려 낫다는 것이다. 그러다 보면 추억도 자연스레 뭉개지고 옅어질 것이다. 그녀의 이야기를 듣던 우리는 고개를 끄덕이며 그것도 괜찮은 방법이라고 맞장구쳤다. 유일한 것을 없애버리는 것도 과거를 지우는 하나의 길이 될 수 있다.

특정 장소에서 함께 해본 게 너무 많은 사람과 헤어지는 일은 쉽지 않다. 헤어지지 않고 함께한 순간을 계속 추억하며 살아간다면 좋겠지만 우린 늘 헤어지기 마련이다.

나 또한 아무리 애써도 깨끗이 지워지지 않는 얼룩처럼 내 기억 어딘가에 남아 있는 A와 헤어진 후 한동안은 신촌, 홍대, 이대 근처에 가는 게 죽을 만큼 힘들었다. 우린 주로 그 지역에서 데이트를 했는데 3년이란 짧지 않은 시간 동안 A와 함께했던 장소를 빼버리면 그 일대에서 갈 데가 별로 없었다.

사람을 잊는 데 가장 좋은 방법은 더 좋은 사람을 만나는 것이다. 그 사람을 잊을 수 있게 만들 수 있는 사람. 우리는 그렇게 더 나은 누군가를 만남으로써 장소에 대한 기억과 추억을 덮어버리고 있는지도 모른다.

글쓰기 모임에서 우리는 모두 공간 자체가 아닌 그 공간에 함께 있던 사람에 대해 더 많이 이야기했다. 어딘가에서 함께한 게 너무 많은 사람은 잘 잊을 수 없다. 때로는 돈을 주고 지워

버릴 수 있다면 그렇게라도 하고 싶을 만큼 그 기억이 괴로워지도 한다. 또 이별을 경험한 사람은 그 경험 때문에 괜히 그 공간을 피하기도 한다. 그렇다고 어찌 좋은 공간에서 행복한 추억을 만드는 일을 막을 수 있을까? 만나고 헤어지는 순리 그대로 살고 받아들이면 그만일지도.

타의에 의한
혼밥

가끔은 혼자여도 괜찮아

꼭 챙겨보고 싶은 드라마가 시작했다. 전국 누나들의 마음을 설레게 했던 드라마다. '누나'라는 말만으로도 무엇인지 다 알 정도로 드라마는 대히트를 쳤다.

밥 잘 사주는
예쁜 누나

드라마 제목은 단연 특이했다. 예쁜 누나는 알겠는데 밥을 잘 사준단다. 누가 지었는지 참 굿이다.

◇ ◇ ◇

얼마 전 점심 메뉴를 고르러 회사 주변을 어슬렁거리던 중 개인적인 약속이 없는 한 늘 같이 점심을 먹는 나의 런치 메이트와 〈밥 잘 사주는 예쁜 누나〉라는 드라마 제목에 대해 이야기를 나눴다. 그는 나보다 나이가 많은 남자로, 이 드라마의 제목이 무척 마음에 들고 사람들의 호기심을 끌기에 충분하다며 침 튀기며 칭찬을 했다.

"이게 그냥 예쁜 누나가 아니라 밥 잘 사주는 누나니까, 누나가 예쁜데 밥까지 잘 사주니까 얼마나 좋아요. 이런 누나 있으면 진짜 좋겠네."

"연상이랑 만나본 적 있어요?"

"음… 사귄 적은 없고 좋아한 적은 있어요. 그리고 저는 개인적으로 연상이랑 연애하는 로망이 좀 있었어요. 실제로 그런 적은 없지만."

평소 이런 이야기를 잘 나누는 사이가 아니라(런치 메이트라고 해서 허물없이 친한 사이는 아니니까) 그날 그의 사적인 이상형에 대한 이야기가 흥미로웠다.

◇ ◇ ◇

나는 회사에서 거의 대부분 그와 단둘이 밥을 먹는다. 처음부터 그랬던 건 아니고 원래 함께 먹던 멤버들이 모두 이직하고 둘만 남다 보니 그렇게 됐다. 달리 선택지가 없던 우리 둘은 그저 각자 약속이 있는 날에는 점심 시간 한 시간 전에 메신저로 알려주고 그렇지 않은 날에는 함께 점심을 먹는다.

그런데 그가 퇴사를 한단다. 오늘 점심 먹다가 들은 이야기다. 지금 막 꺼낸 호빵을 손에 올려 놓은 것처럼 따끈따끈하다. 예상하지 못한 일은 아니었다. 원래는 대여섯 명이었던 런치 메이트들이 하나둘 이직하는데 그리고 마음이 동요되지 않으리라는 법은 없으니까. 사실 그 대여섯 명의 런치 메이트 중 우리 둘은 가장 서먹했지만 그래도 마음 한구석으로 밥을 함께 먹을 사람이 있다는 것이 괜히 든든했는데, 그가 결국 퇴사를 결정했다.

밥을 먹으며 이직 이야기를 하던 그는 혼자 남은 내가 걱정이 되었는지 측은한 표정으로 (농담 반 진담 반) "이제 유미님은 누구와 함께 점심을 먹냐."고 말했다. 나는 괜히 울상을 지으며 장난스럽게 훌쩍이는 리액션을 했지만 내심 진심으로 앞날이 걱정됐다.

점심을 누구와 함께 먹을 것인가? 직장인이라면 가볍게 넘길 수 없는 문제다. 출근하면 점심을 먹는 건 당연한 코스고 점심 때마다 삼삼오오 짝을 맞춰 뭘 먹을지 궁리하며 맛있는 걸 찾아다니는 것 또한 험난한 직장 생활에서 빼놓을 수 없는 즐거움 중 하나이기 때문이다. 나 또한 그 대여섯 명의 멤버들과 함께 점심을 먹었던 시기가 직장 생활 중 가장 행복했다고 자부할 수 있을 만큼 그때가 그립다.

◇ ◇ ◇

밥을 다 먹고 그가 커피를 사겠다고 해 근처 카페로 갔다. 시원한 초코라테를 주문했다. 이직을 준비하게 된 과정에 대해 이런저런 이야기를 듣는 둥 마는 둥 하며 나는 이제 누구와 밥을 먹을지 계속 머리를 굴렸다.

이야기를 다 마치고 사무실 자리에 돌아올 때쯤 내린 결론은 이랬다. 누구와 함께 점심을 먹지 않아도 괜찮다.

타의에 의한 점심 혼밥을 하게 되었지만 나름 이쪽도 나쁘지 않다는 생각이 들었다. 다이어트니 뭐니 해서 점심을 먹고 싶지 않은데 상대방을 배려해 지갑을 들고 일어설 때도 있었지만 이제부터는 그럴 필요가 없어졌다. 둘뿐이라 메뉴 선택이 그리 어렵지 않았지만 그래도 먹고 싶은 걸 먹고, 먹고 싶지 않을 땐 먹지 않고 런치 메이트를 배려하지 않아도 되니 홀가분할 터였다.

그러고 보니 나와는 영영 상관없을 것 같던 회사 앞 식당의 입간판 문구가 문득 떠오른다.

가끔은
혼자여도 괜찮아

뭐가 되는
순간

인연이 시작되는 순간이 있다

;

영화배우 조쉬 하트넷을 좋아한다. 책이든 영화든 아무리 좋아
도 두 번 이상 보는 걸 그다지 내켜 하지 않는 내가 세 번 본 영
화가 있으니 바로 〈당신이 사랑하는 동안에〉다. 조쉬 하트넷은
그 영화를 통해 처음 알게 됐다. 2004년 영화니까 그도 참 젊고
고왔다.

내가 조쉬 하트넷을 얼마나 좋아하느냐면 내 휴대폰 남편 번
호에 조쉬 하트넷 사진이 저장돼 있다. 그래서 남편에게 전화가
오면 조쉬 하트넷 사진이 뜬다. 아무래도 나에게 가장 많이 전
화하는 사람이 남편일 테니 그때마다 조쉬 하트넷을 보고 싶어
서 그랬다. 이 사실을 남편이 알고는 버럭 성질을 냈지만 그도
곧 자신의 휴대폰 내 번호에 영화 배우 정유미의 사진을 저장해

됐다. 뭐, 오케이!

아무튼 영화 〈오 루시!〉는 그의 최근작이다. 가족, 친구, 동료도 없는 중년 여성 '세츠코'가 영어 강사 '존'을 만나면서 시작되는 줄거리다. 어느 날 세츠코는 조카의 부탁을 받고 그녀가 끊어 놓은 영어 학원을 대리 수강하게 된다. 그 학원의 강사가 조쉬 하트넷. 진정한 아메리칸 스타일의 영어를 가르친다는 방침 하에 다소 어두컴컴하고 화려한(?) 교실에 들어가면 금발의 가발을 쓰고 영어 이름을 받고 '존'과 포옹을 해야 한다. 이 모든 것들에 낯설고 어리둥절해하던 세츠코는 다소 굳은 몸짓과 표정으로 존의 포옹을 받아들이는데, 포옹을 하다 몸을 살짝 뗀 존이 이렇게 말한다.

루시 Lucy
그냥 안아줘요 Just hold me
_영화 〈오 루시!〉

이 말을 들은 루시는 처음과 달리 눈을 지그시 감고 존을 '그냥' 안아준다. 앞뒤를 생각하지 않고 있는 그대로 그를 안아준 순간부터 세츠코의 사랑은 시작된다.

◇ ◇ ◇

연인이나 부부들이 종종 듣게 되는 질문이 있다. 바로 '상대방에게 언제 처음 사랑을 느끼게 됐나요?'다.

"결혼해 듀오"라는 카피로 유명한 결혼 정보 회사 '듀오'의 지하철 광고판에는 이런 메시지가 있다.

인연이 시작되는 순간이 있다
곧이어 당신의 드라마도 시작되기를

인연이 시작되는 순간. 그 순간에 대해 내 이야기를 살짝 하자면 남편과 나의 인연이 시작되었던 순간은 어색한 소개팅을 마치고 지하철역에서 헤어지면서 돌아서는 나에게 그가 이 말을 건넸을 때였다.

"악수 한 번 해도 돼요?"

1차 식사, 2차 술까지 하고 난 뒤라 해도, 만난 첫날부터 선부른 행동을 할 수는 없는 법이었다. "손 한 번 잡아도 돼요?"가 아닌 "악수 한 번 해도 돼요?"는 그가 나에게 조심스럽게 다가오고 있다는 걸 느끼게 해줬다. 오늘 만남을 혹은 나를 가볍게 여기지 않는다는 인상, 어쩌면 이 사람과는 오늘이 마지막이 아니라 더 만날 수도 있겠다는 예측. 그런 것들이 시작된 순간이었다.

개찰구 안과 밖에 서 있던 우리. 그의 말을 듣고 나는 손을 내밀었다. "그렇게 내민 손을 붙잡지 않을 수 없었다."라는 김금희의 소설 《경애의 마음》 속 구절처럼 그렇게 묻는 그의 말에 손을 내밀지 않을 수 없었던 것이다.

앞뒤 생각하지 말고 지금 순간을 즐길 때, 즉 '이 외국인 남자가 왜 이러지? 왜 갑자기 포옹을 하는 거야? 영어를 잘 못하는데 앞으로 어쩌지?'라는 복잡한 생각을 머릿속에서 비워내고 그냥 내 앞에 있는 한 사람을 안아줄 때 일은 벌어진다. 때로는 자잘한 고민 걱정을 다 미뤄내고 지금 내가 보고 있는 것, 읽고 있는 것, 함께 있는 사람에 집중할 때 뭐가 되도 된다. 그 순간 머릿속으로 다른 생각을 한다면 이도 저도 아닌 게 된다. 걸을 땐 걷는 생각, 설 땐 서는 생각, 안아줄 때는 그저 안고 있다는 생각만 하면 된다.

만나고 헤어지는 순리 그대로 살고 받아들이면 그만일지도.

놓치지 않고 붙잡아두길 잘했어

늦더라도
제대로

조금 늦더라도 제대로 고치겠습니다

오늘도 지하철을 타고 출근했다. 나는 버스나 택시보다 지하철을 선호한다. 출근할 때는 어쩔 수 없이 날마다 버스를 타야 하지만 택시는 웬만해선 타지 않는다. 집 앞에서 버스를 타고 안양역까지 간 후 안양역에서 1호선을 타고 신도림까지 가서 2호선으로 갈아타 합정역에서 내리는 게 나의 출근 루트다.

지하철에는 수없이 많은 광고와 안내문구가 넘쳐난다. 그 문구를 훑으며 걸어가는 게 출근길의 소소한 즐거움이다. 그러다 때로는 지하철역 안에서 눈에 띄는 글을 찾기도 하는데 그중 이 안내 문구가 특히 인상적이었다.

조금 늦더라도
제대로 고치겠습니다

　예전에는 무조건 빠르게 고친다는 게 미덕처럼 여겨졌는데 이 안내문에는 미리 '조금 늦더라도'라는 밑밥을 깔아놨다. 중요한 것은 '늦더라도'가 아니라 '제대로 고치겠다'는 부분이다.

　한국 사회에서 빨리 빨리는 너무 익숙해진 문화다. 물론 그런 근면성실함으로 인해 IT 강국으로 발전했다곤 하지만 나는 그게 어떤 상황에서나 적용되는 미덕이라고 생각하진 않는다. 더군다나 많은 사람들이 오가는 공공장소에서 뭔가를 시정해야 할 때는 고객의 등쌀에 시달려 빠르게 조치할 수밖에 없을 텐데도 이렇게 진심이 담긴 문구를 쓴 것을 보면 제대로 고칠 때까지 인내심을 갖고 기다려줄 수 있을 것 같다.

　얼마 전 남편이 이직을 했다. 다양한 회사에서 여러 차례 면접을 보던 중 한 회사에서 이런 질문을 했단다.

　"회사 혹은 상사가 당신에게 어떻게 하면 퇴사할 것 같습니까?"

이 이야기를 남편에게 듣던 나조차 꽤나 신선한 발상의 면접 질문이란 생각이 들었다. 사실 따지고 보면 질문의 요지는 회사의 어떤 점이 싫으냐 정도겠지만 말이다.

"그래서 뭐라고 대답했어?"

"조급해하면 나갈 것 같다고 했어."

면접 상황을 순간 모면하려는 대답이 아니라 진짜 그의 진심인 걸 알기 때문에 그 말이 울림 있게 다가왔다.

회사 입장에서야 조급해하지 않을 수가 없다. 빨리 결과를 보고 이익을 내야 하는 조직이니까. 하지만 일을 도맡아 하는 건 기계가 아닌 사람이다. 누구에게나 조직의 변화된 환경에 적응할 시간은 필요하다. 뭔가를 제대로 시정하고 고치고 바꾸기 위해서는 조금 늦더라도 기다려주는 인내와 배려가 서로에게 필요하지 않을까?

행복
자랑하기

행복을 자랑하는 시대에 살고 있는 우리

;

좀처럼 여유를 즐기기 힘든 워킹맘인 나에게 한 달에 한 번 유일하게 세 시간의 자유시간이 주어진다. 회사가 주는 이 세 시간은 '리프레시 런치'라고 하여 그달에 특별한 이슈가 없는 한 직원들에게 열두 시부터 세 시까지 점심시간을 매우 길게 주는 사내복지다.

이 황금 같은 시간에 나는 멍때리며 카페 구석에 처박혀 책을 읽는다. 다른 무엇보다 간절한 시간이다. 누구의 간섭도 받지 않고 오로지 책만 읽을 수 있는 시간. 생각을 정리하거나 뭐 그런 거 없다. 그냥 생각 자체를 하지 않는 게 내겐 리프레시다.

리프레시 런치 당일 열두 시가 되면 에코백에 두 권 정도의 책과 이어폰을 챙겨 합정역 근처에 있는 카페에 간다. 2층 창가 자리가 나의 지정석이다.

이번 리프레시 런치에도 가방에 두 권의 책을 챙겨 카페로 갔다. 점심은 간단히 해결하려고 크로크무슈와 카페라테를 주문했다. 나의 지정석인 커다란 창가 구석 자리는 다행히 비어 있었다. 크로크무슈를 먹기 전 사진 한 장을 찍었다.

소설과 에세이를 챙겨온 나는 아직 시작하지 않은 소설부터 꺼내 읽기 시작했다. 그렇게 책에 빠져 본격적으로 집중을 하려는 찰나 옆자리에서 휴대폰으로 사진을 찍는 '찰칵' 소리가 들렸다.

사진 찍는 소리는 끊이질 않고 거의 스무 번 넘게 이어졌다. 대놓고 돌아보지는 못하고 다른 곳을 보는 척하며 슬쩍 엿보니 옆자리 여자가 아이스 아메리카노를 이렇게 놨다 저렇게 놨다, 함께 먹는 빵을 찍고 또 찍고, 펼쳐놓은 영어 문제집(영어 문제집은 내가 있는 동안 한 페이지도 넘어가지 않았다)을 테이블 위에 올려놓고 또 찍고, 도가 지나칠 정도로 사진을 찍는 것이었다. 사진 찍기가 어느 정도 잠잠해졌나 싶을 때 여자의 휴대폰이 울렸다.

"어어, 뭐?! 대박. 진짜!!!?"

무슨 큰일이라도 난 걸까? 옆에 있는 나도 그 내용이 너무 궁금할 정도로 여자가 놀라며 통화를 계속했다.

"야야, 웬일. 대박! 지금 빨리 SNS에 올려. 야, 그런 걸 올려야지. 요즘 시대에 공무원 합격이 웬 말이야. 야, 됐고 밥 사!"

그러니까 전화를 건 친구가 공무원 시험에 합격한 모양인데 소식을 들은 여자는 SNS에 올리라는 말을 가장 먼저 했다. 음… 역시 사진을 여러 번 찍을 때부터 알아봤다.

◇ ◇ ◇

며칠 전 나는 회사에서 진행한 단편영화 프로젝트의 개봉 소식을 알리는 문구를 썼다. 15분짜리 짧은 영화로, 서울에서 직장에 다니던 젊은 여자가 시골에 내려가 자신만의 빵집을 차리는 소소한 우여곡절을 잔잔하게 보여준다.

> 행복을 자랑하는 시대에 살고 있는 우리
> 모두가 부러워하는 객관적 행복이 아닌
> 작아도 확실한 나만의 행복을 찾아
> 떠난 이야기

물론 지금도 그렇지 않은 건 아니지만 과거에는 물질적으로 얼마나 소유했는가를 자랑했다면 요즘은 자신이 얼마나 행복한지를 자랑한다. 《그냥 흘러넘쳐도 좋아요》라는 책에도 이런 말이 나온다.

관계에 지쳐 혼밥을 먹으면서도,
기어이 사진을 찍어 SNS에 올리고
'좋아요'를 기다리는 마음

_백영옥, 《그냥 흘러넘쳐도 좋아요》

이 마음은 혼자 밥을 먹어도 나는 행복하다는 걸 보여주려는 게 아닐까? 하다못해 바닥에 떨어진 낙엽 사진을 올리고도 자신이 얼마나 그 일에 행복을 느끼고 있는지 사람들에게 알리려는 것이다.

그런 일련의 행동을 전부 자랑이라는 관점에 맞출 수는 없지만 요즘 SNS의 대부분은 자랑이 기본 바탕에 깔려 있다. 공무원 시험에 합격한 친구에게 SNS로 자랑부터 하라는 여자. 자랑을 하고 인정을 받아야만, 하트 개수가 원하는 만큼 눌려져야만 한 걸음 나아갈 수 있는 시대에 살고 있는 우리가 조금은 측은하게 여겨지기도 한다. 그래서일까? 내 주변에 SNS를 전혀 하지 않는 몇몇 사람이 있는데 그들이 대단해 보인다. 아무것도 하지 않는 것이 오히려 있어 보인달까?

문득 그만큼 행복 자랑하기에 급급한 나를 돌아보게 된다. 일단 나부터도 그렇지 못하기 때문에 옆자리 여자의 행동과 말이 예사로 들리지 않았을지도 모르겠다.

　그날 카페에서 크로크무슈와 가져간 책을 테이블 위에 올려둔 사진을 찍어놓고 인스타그램에 올리지 않은 건 순전히 그 여자 때문이었다. 지금 내 상태 공개하기를 참는 것. 행복 자랑을 참아보는 것. 그 기분은 의외로 괜찮았다. 어째서인지 쾌감 같은 게 느껴지기도 했다.

살벌한
다이어트

뼈만 빼고 다 빼드립니다

최근 옷 한 벌을 샀다. 강연이 많아지다 보니 옷차림에 조금 신경 쓰고 싶은 마음에 정장 스타일의 원피스를 산 것이다. 소재는 리넨, 짙은 회색에 위에는 재킷처럼 생겼고 길이는 발목까지 내려온다. 결론적으로 펑퍼짐하다.

그 원피스를 입은 오늘, 과식을 했다. 반만 먹으면 딱 좋았을 텐데 입으로 들어가는 숟가락질을 멈출 수 없었다. 사실 원피스를 샀다는 것은 살이 찔 대로 쪘다는 거다.

육아휴직 기간이 끝나고 두어 달 뒤 도저히 봐줄 수가 없어 독하게 마음먹고 살을 6킬로그램 정도 뺐다. 그때는 안 맞던 바지가 맞고 뭘 입어도 태가 나니 자신감이 넘쳤다. 2년이 흐른 지금은 빼기 전 몸무게로 다시 원상복귀됐지만.

앉아서 노트북 두드리는 게 일이니 일어나 돌아다닐 수도 없고 더부룩해진 배를 쓰다듬으며 끄윽끄윽 신트림만 하다가 퇴근했다. 지하철역까지 걸어가는데 신호대기에 걸린 버스 뒷판에 붙은 살벌한 광고 문구가 눈에 박힌다.

뼈만 빼고 다 빼드립니다

각양각색 다이어트 성형외과의 광고 카피를 봤지만 가장 강력하다. 너무 살벌하고 무서워서 살을 빼긴커녕 뼈도 못 추리고 나올 것만 같지만 뭔가 확실한 효과를 줄 것 같다.

그로부터 석 달이 지났다. 나는 하루가 다르게 성장하는 신생아처럼 꾸준히 살이 찌고 있었다. 그러던 어느 날, 2호선 지하철에 올라탔다. 평소와 다르게 사람이 많았고 나는 읽던 책을 펼친 채로 손잡이 아래 서 있었다. 아마도 책에 집중한 나머지 배 집어넣기를 깜박한 모양이다. 내 앞에 앉은 30대 중·후반의 여성과 눈이 마주친 순간 그녀가 소리 없이 입모양으로 내게 말을 건넸다.

"여기 앉으세요."

못 알아봐서 미안하다며 자신의 무릎에 올려놓았던 짐을 주섬주섬 챙기는 게 아닌가. 그제야 '앉으세요'의 뜻을 알아차린 나는 급하게 손사래를 치며 아니라고, 아니라고 했다. 그러자 그녀는 내가 임신인 건 맞는데 괜찮다고 하는 줄 알고 되레 나에게 아니라고, 앉으라고(이때부터 정말 울고 싶었다) 하는 것이다. 나는 거의 울기 직전의 표정이 되어 제발 앉으라고, 정말 임신 아니라고 대답했다. 그제야 모든 상황을 파악한 친절한 그녀는 나보다 더 당황하며 미안한 표정을 지었다. 분명 나쁜 사람은 아닌데 나는 그녀의 친절이 미워지려고 했다(으아앙).

내가 이런 일을 겪다니. 말로만 듣던 '임산부 아니냐'는 질문을 내가 받게 되다니! '웃프다'는 말을 누가 만들었는지 참으로 절묘하고 기가 막히게 잘 지었다는 생각을 하며 집에 터덜터덜 돌아갔다.

며칠 뒤 큰맘 먹고 '워킹패드'라는 걸 샀다. 무릎이 좋지 않아 러닝머신은 패스하고 가볍게 오래 걸으면서 뱃살을 좀 빼보기로 했다. 하기야 도구가 문제겠는가, 의지가 문제지.

생각을 부르는
양말

；

제주도에서 국제학교를 다니는 중학생 조카가 집에 올 때 가끔 내가 마중을 나간다. 지난겨울도 도착 시간에 맞춰 김포공항으로 갔지만 눈이 많이 와서 비행기가 연착되는 바람에 시간이 붕 뜨고 말았다. 차라리 잘됐다 싶어 김포공항 지하철역과 연결된 상가를 좀 배회하기로 했다.

편의점, 액세서리 가게, 보세 옷 가게 등을 천천히 지나는데 양말 가게가 눈에 띄었다. 문득 아들의 양말을 사려고 했던 게 떠올랐다. 양말을 고르려고 가게 주변을 둘러보니 양말의 종류만큼이나 다양한 문구들 가운데 내 시선을 끄는 한 줄이 있었다.

왜 양말은 빨면
한 쪽만 없지?

'3천 원에 네 장', '여섯 족에 5천 원', '수면양말, 페이크 삭스, 스타킹 종류별로 다 있음' 같은 문구들 사이에 의문문으로 끝나는 이 문구가 신선하게 느껴졌다. 늘 한 짝씩 없어지는 양말에 대한 불만은 누구나 갖고 있을 터, 그런 점을 콕 집어 '당신도 그렇지 않아요?'라고 말을 걸었다. 이 문구를 본 사람 중 누군가는 '아, 맞아. 나도 양말 한 짝 없어졌는데 양말 좀 사갈까?'라고 생각하지 않을까? 지하상가라고 항상 제품명이나 특징, 가격부터 먼저 보여줘야 한다고 여길 게 아니라 소비자에게 공감할 만한 문구를 제시해서 쇼핑할 동기를 주는 것도 차별화된 판매 비법이 될 수 있다.

갑자기 직업의식이 투철해진 나는 카피 앞에서 조금 서성이다가 다시 아들의 양말 고르기에 집중했다. 귀엽고 앙증맞은 양말 디자인 사이에서 갈팡질팡하기도 했다. 그렇게 아이의 양말을 고른 뒤 비슷한 것으로 서너 개를 더 샀다. 이건 아들 양말이 아니라 어린이집 친구들 선물용 양말이다.

그러고 보면 양말은 참 만만하고도 좋은 선물이다. 주는 사람의 입장에서 양말은 디자인이 다양해 선택의 폭이 넓다. 받는 사람의 입장에서는 선물 받은 양말이 자기 취향이 아닐지라도 원래 가지고 있는 수십 켤레의 양말 중 하나일 뿐이니 부담스럽지 않다. 특이한 모양의 양말을 신는 것은 무난한 일상에 숨겨진 이벤트가 되기도 한다. 무난하면 무난한 대로, 개성 있으면 그런 대로 좋은 게 양말 선물이다.

나 또한 양말 선물을 몇 차례 받았다. 생일 선물은 아니고 두어 번 모두 이별 선물이었다. 멀리 떠나는 친구와 이직하는 동료의 선물. 참 고맙고 따뜻한 선물이었다. 아무렇지 않은 날들이 흐르다가 불현듯 양말 한 켤레에서 그 사람을 떠올리기도 한다. 그럴 때 문자 한 통 보내보면 좋겠지.

"네가 준 양말 오늘 신었어. 받을 땐 되게 두껍다 생각했는데 오늘처럼 추운 날 이만한 양말도 없더라."

추석의
추억

，

남편과 결혼하기로 약속하고 맞는 첫 명절이었다. 미리 인사를 드리는 게 예의일 것 같아 평소에는 잘 입지 않는 치마까지 입고 예비 시댁에 갔다.

미리 준비한 선물을 들고 집을 나설 때까지만 해도, 아니 남자친구의 집에 도착해 인사를 나눌 때만 해도 별다른 감정이 느껴지지 않았다. 단순히 얼른 집에 가서 편한 바지로 갈아입고 싶다는 생각뿐.

남자친구네 집에 도착하니 시누이가 될 누나네 가족이 강원도 횡성에서 와 있었다. 아직 결혼한 사이가 아니니 당연히 집안일을 시키지도 않았고 그저 차려주시는 음식을 먹고 자연스럽게 지어지지 않는 미소를 억지로 지어가며 식사를 했다.

긴장된 만남이 끝나고 오랜만에 구두를 신어 발이 불편해진 나는 곧장 택시를 탔다. 해가 뉘엿뉘엿 넘어가고 있었다. 택시 뒷좌석에 몸을 묻은 나는 갑자기 집에 혼자 있을 엄마 생각이 났다. 언니는 이미 결혼했고 시집 안 간 내가 엄마랑 명절을 보냈는데 나까지 결혼하면 엄마 혼자 아버지의 차례를 지내야 한다. 식구 여럿이 모여 북적거리던 남자친구네 집에서 쏙 빠져나온 직후라 그랬을까? 나 없이 홀로 명절 음식을 만들 엄마의 모습이 잘 그려지지 않았다.

차례라고 했지만 추도식을 하기 때문에 살아생전 아버지께서 좋아하시던 음식과 설이면 설, 추석이면 추석에 맞는 명절 음식 몇 개를 올릴 뿐이었다. 그래도 엄마와 나는 항상 거실에 신문지를 넓게 깔고 전을 부치거나 만두를 빚었다. 그런데 이제 그 모든 걸 엄마 혼자 해야 한다니. 혼자 음식을 만드는 힘듦보다 나나 언니가 가기 전까지 명절 내내 엄마 혼자 있어야 한다는 사실에 가슴이 먹먹해졌다. 갑자기 기분이 급격히 우울해지고 결혼도 하기 싫었다. 그제야 명절이면 친정보다 시댁을 먼저 챙겨야 하는 며느리가 된다는 게 실감났다. 급기야 택시 뒷좌석에서 눈물을 훔쳤고 자세히 기억나진 않지만 남자친구에게 서운한 감정을 메시지로 전하기도 했다.

집에 도착할 즈음 해는 이미 떨어져 사방이 어둑해져 있었다.

엄마는 거실에 신문지를 깔아놓고 막 전을 부치려던 참이었다.

"어라? 일찍 왔네?"

동그랑땡과 동태전 그리고 아빠가 좋아하던 굴전의 재료를 갖추고 바닥에 앉아 뒤집개로 전을 부치려던 엄마가 나를 보며 밝게 웃었다. 예상보다 일찍 돌아온 내가 내심 반가운 눈치였다.

"가서 엄마 도와드리라고 해서서…."

그 이듬해 결혼하고 7년이 지났다. 요즘에는 명절이면 친정에 먼저 가서 차례를 지내고 시댁에 간다. 시댁에서는 딱히 차례를 지내지 않기도 하지만 홀로 음식을 장만해야 하는 친정엄마 때문이기도 하다.

전, 소중하니까요

오늘 아침 인터넷 메인에 뜬 '전' 광고 배너를 보고 그날의 추석이 떠오른 건 왜일까.

조금 이상한
경고문

담배 냄새가 2층으로~ 부탁해요?

;

지금 사는 빌라로 이사를 온 지 4년이 넘었다. 얼마 전부터 1층 주차장 곳곳에 붙은 '주차금지' 표어가 인상적이다.

주/차/금/지
통로가 협소한 관계로
접촉사고 위험이 있으니?
-○○빌라 2차 입주민 일동-

"접촉사고 위험이 있으니?" 이 문구를 한참 바라봤다. 말도 아닌 글인데 왜 하다 말아? 이건 마치 외국어를 번역기에 돌린 것 같잖아. 그 옆에 붙은 경고 문구도 그랬다.

이곳에서 흡연을 금지요
담배 냄새가 2층으로~ 부탁해요?
-○○빌라 2차 입주민 일동-

왜 글을 이렇게 썼는지 좀 창피하다. 아래에 '○○빌라 2차 입주민 일동'이라고 써놨기 때문이다. "아니, 저는 입주민이지만 이 문장에 동의하지 않아요!"라고 외치고 싶을 정도다.

◇ ◇ ◇

점심을 먹고 소화도 시킬 겸 사무실 근처를 산책하다 쓰레기통 옆에 세워진 철판에 적힌 경고 문구를 읽었다. 버려진 흰 철판 위에 나오다 말다 하는 검은 매직으로 삐뚤빼뚤하게 쓴 글씨.

남의 집에 와서 술 먹고 토하지 말고
담배 꽁초 쓰레기 버리지 말 것
법적조치해서 벌금 물리겠음

00번지 각 호 여러분께서도

분리수거 철저히 하셔서 홍대에서

청결하고 매력 있게 사는 모습

주변 사람들의 본이 되는 모범 시민이 됩시다

단단히 화가 난 채로 경고문을 쓰다가 이건 아니다 싶어 훈훈하게 결말을 지으려는 게 글에서 느껴졌다. 같은 건물에 사는 사람에게 한마디 하는 것도 잊지 않고 매력 있는 홍대의 모범 시민이 되길 당부한다. 볼수록 흥미진진.

이게 끝인 줄 알았다면 경기도 오산이다. 마지막에 "해브 어 나이스 데이!Have a nice day!"라고 써 자신이 지식인임을 알린다. 하지만 읽는 사람은 '해브 어 나이스' 할 수 없다.

그게 정말로 끝일 줄 알았지만 철판 위쪽에도 작은 글씨로 뭐라고 써 있었다.

JESUS가 함께하신다

참 할 말이 많은 경고문이다.

여자가,
남자가

여자들이 원래 더 지저분해

사무실 청소를 도와주는 이모님과 친하다. 다른 직원보다 한 시간 일찍 출근하다 보니 오전 청소를 마치고 퇴근하는 이모님과 유일하게 만나는 직원이기 때문이다. 어떤 날은 날씨 이야기, 어떤 때는 건강 이야기를 나누며 이모님의 말동무가 되는 게 싫지 않았다.

이모님과 가끔 자식 이야기를 하기도 한다. 이모님은 딸만 셋인데 다들 잘 컸다고 하셨다. 하나는 공무원, 하나는 회사원… 손자까지 건강하게 낳아 잘 키우면서 회사 잘 다닌다고, 본인은 그저 운동 삼아 일하는 거라고 했다. 고개를 끄덕이며 이야기를 듣고 있자니 엄마 생각이 났다. 우리 엄마도 어디 가서 저렇게 딸 자랑 하시겠지(자랑할 게 있을진 모르겠다만). 이모님은 말끝마다 '딸이 최고다, 아들 낳아봤자 소용없다'며 딸들 자랑에 침이 말랐다.

그런데 최근 들어 이모님이 하는 말 중 자꾸 거슬리는 게 있었다. 쓰레기통을 정리하던 이모님이 나에게 하소연을 늘어놓았다.

"아니, 2층은 커피 컵 같은 거 버릴 때 커피를 다 안 버리고 그냥 버려서 너무 지저분해."

나는 딱히 대꾸할 말이 떠오르지 않았다.

"아, 그래요? 다른 층은 잘 버리나요?"

"그럼! 3, 4층이 제일 잘 버려, 깔끔하게. 아무래도 2층에는 여자들이 많아서 그런 것 같아."

"…여자요?"

여자들이 원래 더 지저분해
4층은 남자가 많잖아
얼마나 깔끔하다고

잠자코 이야기를 듣던 나는 조금씩 불편해지기 시작했다. 2층에 남자가 없는 것도 아니고 무슨 근거로 여자들이 더 지저분하다는 이야기를 아무렇지 않게 하는지 이해가 되지 않았다. '저렇게 말하는 분이 아닌데…'라고 생각하며 모니터로 눈길을 돌렸다.

◇ ◇ ◇

그 뒤로 얼마 지나지 않은 아침이었다. 컵을 닦으려고 6층 탕비실에 갔는데 이모님이 걸레를 들고 나에게 다가왔다. 이번에는 커피머신이었다.

"남자 팀장님이 있을 땐 안 그랬는데 그만두고 나니 여기가 엉망진창이야. 제대로 치우는 사람이 없어서 난리도 아니야. 나는 기계를 잘 모르니 내가 할 수도 없고."

나는 원두커피를 잘 마시지 않아 사용하는 사람들이 알아서 커피 찌꺼기를 정리하면 되는 거 아닌가 하는 생각이 들었다. 팀장님 역할을 대행하는 남자 직원의 이름을 대며 그 직원에게 말해보면 어떠냐고 했다.

"안 돼. ○○씨(남자 직원) 말을 여자애들이 잘 안 듣나 보더라고."

이번에도 또 남자 직원을 감싼다.

"그 직원에게 말해서 여기 커피머신에 메모라도 붙여놓으면 되지 않을까요?"

그러자 이모님은 택도 없다며 손사래를 치시더니 걸레를 들고 주섬주섬 자리를 옮겼다. 저번에도 그렇고 이번에도 그렇고 딸자식 자랑은 그렇게 하면서 왜 회사의 여직원들은 애초에 글러 먹었다는 듯이 말씀하시는 걸까?

◇ ◇ ◇

사실 이런 모습은 그리 생소하지도 않다. 우리 집에서도 흔히 볼 수 있는 일이다. 명절처럼 모두가 한자리에 모이는 날 친정엄마는 딸과 사위가 함께 있어도 사위에게는 절대 일을 시키지 않는다. 죽어라 딸만 시킨다. 그마저도 미안한 것 같으면 피곤해도 본인이 한다. 나는 그런 모습을 볼 때마다 말한다.

"엄마, 설거지 정도는 형부나 이 사람(남편)이 해도 되잖아. 왜 꼭 우리를 시켜?"

그러면 엄마는 이렇게 대꾸한다.

여기 여자가 몇 명인데
남자한테 설거지를 시켜?

더 이상 말이 나오지 않는다. 회사 이모님을 뭐라 할 게 아니었다. 우리 엄마부터 청소나 살림은 여자의 몫이라는 걸 당연하게 여기니까.

그러고 보면 쌓이고 쌓인 집안일에 지쳐 가사도우미를 부를까 말까 고민하는 것도 나뿐이지, 남편은 그 일에 대해 아예 신경 쓰지 않는다. 물론 그렇다고 그가 청소를 하지 않는 건 아니지만 나서서 고민하는 사람과 그렇지 않은 사람에게는 온도의 차이가 있다.

이 카피
나만 무섭나?

캐리어 (머리부터 발끝까지) 다 담다

；

재작년 늦여름, 가족들과 제주도 여행을 간 적이 있다. 너무 어이 없게도 캐리어를 우리 집 주차장에 그냥 두고 공항에 도착했다. 캐리어를 차 옆에 놓고 아이를 태운 뒤 캐리어를 깜박하고 그냥 출발한 것이다.

지금 생각해도 황당하다. 내가 주차장에 캐리어를 놓고 온 걸 이야기하자 함께 여행을 갔던 언니가 물었다.

"캐리어 누가 가져가면 어떡해?"

"언니 요즘 세상에 누가 캐리어를 가져가. 그 안에 뭐가 들었을 줄 알고."

그러자 언니는 아주 잠깐 생각하더니 "아~ 그러네."라며 고개를 끄덕였다. 다행히 주차장에 덩그러니 (캐리어는 얼마나 황당

했을까?) 놓여 있던 캐리어는 같은 빌라 주민이 발견해 잘 맡아
주었다.

◇ ◇ ◇

어젯밤, 가는 주말과 다가올 월요일을 애써 외면하고 싶어 휴
대폰을 보던 중 한 가방 브랜드의 광고 카피를 한참이나 들여다
봤다.

캐리어
(머리부터 발끝까지)
다 담다

여기서 '캐리어'와 '다 담다'는 굵은 글씨로 크게, '머리부터
발끝까지'는 작고 얇은 글씨로 써 있었는데, 충분히 그냥 지나
칠 수 있는 카피임에도 계속 신경이 쓰였다.

물론 이 카피를 쓴 카피라이터의 의도는 충분히 알 수 있다.
여행 갈 때 필요한 모든 것을 다 담을 수 있을 만큼 크고 넉넉한
캐리어라는 걸 어필하기 위함이었음을. 그런데 요즘 하도 세상이
뒤숭숭하고 무섭다 보니 예사 카피로 여겨지지 않더란 말이다.

툭하면 캐리어나 큰 짐가방에 시체가 들어 있었다는 뉴스가 들린다. 아무리 캐리어가 크다고 해도 성인을 그대로 넣긴 힘드니 당연히 시신을 훼손시켜서 말이다.

그런 뉴스를 하도 많이 접해서 나 또한 재활용 쓰레기 버리는 곳에 버려진 캐리어를 보면 괜히 섬짓해지기도 한다. 그래서일까? 광고 카피가 더 소름 끼치게 느껴졌다. 저 카피도 어찌 됐건 있는 그대로가 아닌 머리부터 발끝까지 필요한 모든 물건을 담을 수 있다고 한 번 더 해석을 해야 한다. 대충 보고 머리부터 발끝까지 다 담을 수 있다고 1차원적으로는 왜 상상하지 못하겠는가. 참 별것 다 신경 쓰게 되는 시대다.

다름을
인정하는 것

손님과 저의 생각이 다를 수 있습니다

당연하다고 생각하는 것들이 이해되지 않을 때, 고개를 갸우뚱하는 아이를 향해 내가 자주 하는 말이 있다.

"그럴 수 있어."

아들은 네 살이다. 알아듣는지 못 알아듣는지 알 수 없지만 나는 그것이 마치 나에게 하는 말인 양 반복한다. 희한하게도 아이가 이해하지 못할 법한 말을 (이해하지 못할 거란 생각에) 할 때 내 마음이 차분해지는 걸 느낀다. "그럴 수 있어."도 그런 말 중 하나.

내가 아들에게 "그럴 수 있어."라고 할 때마다 남편은 애한테 무슨 그런 말을 하냐는 듯 요상한 눈빛으로 나를 바라본다. 분명 애가 이해하지 못할 말을 하니까 그런 것일 텐데, 그럴 때마다 나는 레이저 눈빛을 날리며 "뭐?!"라고 대꾸한다.

'그럴 수 있다'는 말은 상대방을 이해하고 다름을 받아들이는 말이다. 어떤 사람이 내 마음에 안 드는 짓을 했는데 '아, 저 인간 도대체 왜 저래?'라고 생각하기보다 '그럴 수 있지, 뭐' 하고 넘어가는 것이다.

나와 같은 사람은 지구상에 단 한 명도 없다. 비슷한 외모와 성격을 지닌 형제 또는 아주 오랜 친구라 할지라도 분명 어딘가는 다르다. 그런 사람들에게 나를 이해시키는 것은 쉽지 않다. 분쟁은 다름을 인정하지 않는 것에서 시작된다.

왜 내 맘 같지 않아?
왜 내 의견하고 다른 거야?
왜 그걸 좋아하는 거야?
난 싫은데!

우리는 이런 말들을 서로에게 내뱉으며 별것 아닌 사소한 다름을 인정하지 못하고 다툼의 불씨를 키운다.

◇ ◇ ◇

며칠 전 옛 직장 동료의 인스타그램에서 매우 인상적인 메시지를 읽었다.

> 손님과 저의 생각이 다를 수 있습니다
> 평소 다니시는 길이 있으면
> 편안히 말씀해주시면
> 안전하고 친절하게 목적지까지
> 모셔드리겠습니다

이 메시지는 다름 아닌 택시 의자 뒷면에 붙어 있었다. 저 메시지가 인상적인 이유는 다른 곳도 아니고 알 수 없는 불신이 가득 찬 택시에 있는 카피이기 때문이다. 이 문장에서 가장 멋있는 건 다름을 인정하는 기사님의 자세다. 저 이미지를 저장해 몇 번을 봤는지 모른다(그리고 빨리 이 메시지로 글을 쓰고 싶어 손이 근질거렸다).

사실 나는 택시를 좋아하지 않는다. 택시에 타면 이상하게도 내가 기사의 기분을 맞춰줘야 할 것 같은 강박에 시달리기 때문이다. 무서운 사건 사고가 일어나는 그런 것은 두 번째 문제다.

나는 일단 택시에 타면 한 톤 높은 목소리로 기사님에게 반갑게 인사한다. 그러면 열에 일곱은 대답하지 않는다. 인사에 응해주는 것이 그렇게 어려운 일인가 싶을 때가 많다.

내 인사에 대꾸해주지 않아 조금 기분이 나빠진 상태로, "어디로 가주세요."라고 말하면 알겠다는 대답도 하지 않는다. 택시에 타서부터 목적지를 말하는 순간 그리고 중간에 "기사님, 어느 쪽으로 가주세요."라고 말할 때에도 대꾸하지 않는다.

어떨 때는 "아, 거 대답 좀 해주면 머리카락이 빠집니까!"라고 소리치고 싶다. 이쯤 되면 나도 슬슬 화가 난다. 목적지에 도착해 내릴 때 기사에게 신용카드를 주고받은 다음 인사하지 않고 문을 최대한 쾅! 하고 닫고 내리는 일, 그게 나의 소심한 복수다(그러면서 '택시기사는 분명히 나를 욕하고 있겠지?'라고 생각한다). 물론 친절한 택시기사님도 많을 것이라 생각한다. 내가 만나보지 못했을 뿐.

그런데 나 또한 대답 없는 택시기사의 입장을 헤아리지 않은 건 아닐까? 내 인사에 대답 좀 해주었으면 하는 바람은 어디까지나 내 생각일 뿐, 그들은 온종일 고된 노동에 치여 대답조차 잃은 것일 수도 있는데.

◇ ◇ ◇

다름을 인정하는 것이 말은 쉽지만 참 어렵다. 가정에서는 부부나 자식 간에, 직장에서는 상사와 동료 간에 다름을 받아들이는 게 얼마나 힘든지, 정말 '말이야 쉽지'라는 소리가 절로 나온다.

메시지의 힘은 세다. "손님과 저의 생각이 다를 수 있습니다."라는 택시기사의 다름을 인정하는 태도와 트인 생각은 한동안 오래도록 기억될 것 같다. 우리는 모두 다를 수 있다. 그럴 수 있다.

선생님의
사진 실력

그 사랑이 더 빛났기 때문이다

평일 오후 두 시 사십 분쯤이면 어김없이 휴대폰 알림 메시지가 뜬다. 키즈노트라는 앱을 통해 어린이집에서 그날그날 아이가 먹은 식단과 활동 내용을 사진으로 찍어서 짧은 글과 함께 일일이 보내주는 것이다. 워킹맘인 나는 이 시간을 가장 기다린다고 해도 과언이 아니다. 하루에 절반 이상을 아이와 함께하지 못하는 엄마라면 누구라도 그럴 것이다.

오늘은 날이 좋아서 오전에 산책을 나간 모양이다. 어린이집 앞 놀이터에서 신나게 달리는 아이의 팔에는 노란색 공이 쥐어져 있고 입을 한껏 벌린 아이가 바람을 가르며 달리느라 바가지 머리가 산발로 흩어졌는데 그게 그렇게 예쁘다. 와 하고 지르는 목소리, 까르르 웃음 소리가 내 귀까지 닿는 듯하다. 오늘 입고 가라고 챙겨둔 물방울 무늬 후드 집업과 짙은 초록색 운동장 바닥 그리고 노란색 공까지. 나는 사진을 보고 한껏 미소를 짓다가 늘 그렇듯 그대로 저장 버튼을 눌러 내 휴대폰에 담아둔다.

지금 아이의 담임 선생님은 유독 사진을 잘 찍으신다. 나는 매번 사진을 받을 때마다 함께 알림을 받을 수 있는 남편에게 메신저로 말을 걸어, '선생님 사진 정말 잘 찍으시지 않아?'라고 묻는다. 직업이 디자이너고 사진에 관심이 많은 남편도 선생님의 실력을 칭찬한다.

선생님이 찍은 사진을 보면 그냥 잘 찍는 정도가 아니라 교보문고 글판에 걸린 이 시처럼 아이의 마음과 몸이 그대로 전해진다.

아이들의 팽팽한 마음
튀어 오르는 몸
그 샘솟는 힘은
어디서 오는 것이냐

_김광규, 〈오래된 물음〉

어제 퇴근 후 아이를 데리러 갔다. 선생님과 나는 현관에서 무률을 구부려 앉아 아이에게 신발을 신기며 짧은 대화를 나눴다.

"선생님, 어쩜 사진을 그렇게 잘 찍으세요?"

나는 정말 궁금한 마음에 물어봤다. 무슨 비결이 있는 게 확실한 것처럼. 선생님은 해맑게 웃으며 의외로 현실적인 답변을 해주셨다.

"휴대폰을 늘 신기종으로 바꿔요. 하하하"

나는 깜짝 놀라서, "정말요?" 하고 눈을 동그랗게 뜨고 되물었다.

"사진이 잘 안 나오면 제가 속상해서요. 부모님들이 이 사진만 기다리시는데 예쁜 사진이면 좋잖아요."

나는 입을 꾹 다물었다. 선생님의 진심 담긴 말에 나도 모르게 울컥하고 말았다. 사진을 잘 찍기 위해 휴대폰을 매번 신기종으로 바꾼다는 말은 겸손에 불과하다. 선생님이 보내준 사진은 사진의 선명함보다 아이가 가장 신나할 때를 포착하는 애정과 관심 그리고 사랑이 더 빛났기 때문이다.

두 시 사십 분, 나는 오늘도 선생님이 찍은 사진을 기다린다.

척 하면
척

택배 기사님 감사합니다

퇴근 후 아이와 가까이 사는 언니네 가서 저녁을 먹는데 초인종이 울렸다.

"택배지? 네가 나가봐."

나는 숟가락을 내려놓고 헐레벌떡 현관 앞으로 뛰어가 문을 열었다. 커다란 박스가 놓여 있었다. 뭐가 들었는지 제법 무거운 걸 낑낑거리며 거실로 가져왔다. 반찬 그릇을 나르던 언니가 상자를 쓱 보고 말했다.

"학습지 주문한 건가 보다."

나는 거실 한쪽으로 박스를 밀어놓고 다시 밥을 먹으려다 박스 위에 프린트된 문구를 보고 동작을 멈췄다.

택배 기사님 감사합니다
기사님 덕분에
우리 아이들의 미래와 꿈이
자라고 있습니다

신선하다거나 기발한 문구는 아니었지만 따뜻한 마음이 느껴졌다.

육아휴직으로 집에서 아이를 돌볼 때였다. 하루가 멀다 하고 택배가 왔다. 외출이 쉽지 않은 초보 아기 엄마들은 택배에 의지해 살 수밖에 없다. 왜 그렇게 필요한 게 많은지. 기저귀, 분유, 물티슈… 떨어지면 절대 안 되는 것 외에도 그때그때 필요한 물건은 자꾸 생겼다. 아이를 재우느라 함께 누워 있다가 휴대폰으로 물건을 주문하며 잠드는 게 하루의 마지막 일과였다.

물건은 여러 군데에서 주문해도 쇼핑몰에서 이용하는 택배사는 서너 개가 전부다. 그중 한 택배사 기사님은 처음 한두 번 벨을 누르다가 나중에는 벨을 누르지 않고 물건만 조용히 놓고 가셨다. 우리 집에 아이가 있다는 걸 안 다음부터였다. 현관에 '아이가 자고 있으니 벨을 누르지 말아주세요' 같은 문구를 적어놓지 않았음에도 척 하면 척이었다.

요즘은 택배가 오는 동안 발송 예정이다, 출발한다, 도착 예정이다 같은 문자가 수시로 오기 때문에 언제쯤 택배가 도착하는지 다 알 수 있다. 우리 동네처럼 시 외곽은 거의 마지막 코스여서 모든 택배가 밤 열 시쯤 온다. 벨을 누르지 않아도 기사님이 다녀가셨겠구나 싶어서 현관문을 열어보면 까꿍 하고 택배가 예쁘게 놓여 있다. 수시로 잠드는 아기, 한 번 잠들기 어려운 아기가 있는 집을 배려해준 기사님, 지금 생각해도 참 감사하다. 어떤 대상을 한 번 더 생각하는 일은 이렇게 오래도록 기억된다.

방부터
정리해라

신문을 신청했다. 백화점 같은 데 가서 나도 모르게 손에 쇼핑백이 들려 있으면 뭐에 홀린 듯 사들고 나왔다고 하지 않나? 신문 구독신청을 그렇게 했다. 보통은 구독 권유 전화가 와도 "아, 관심 없습니다." 하고 끊어버리는데 이상하게 그날은 집중해서 들었고 결국 다음 날 우리 집 우체통에 신문이 꽂히게 되었다.

문제는 그다음부터였다. 신문을 펼칠 시간이 없었다. 아니, 시간이 없다기보다 신문이 펼쳐지지가 않았다. 읽고 싶은 책이 줄을 서 있는데 재미없는 신문에 선뜻 손이 가지 않은 것이다.

그게 한 달이 넘었다. 펼치지 않은 신문이 거실 한구석에 착착 쌓였다. 더는 안 되겠다 싶어 나는 극단의 조치를 취했다. 미국 잡지를 읽고 칼럼을 하나씩 썼던 무라카미 하루키처럼 나도 신문을 읽고 흥미로운 기사 하나로 에세이를 한 개씩 쓰기로 한 것이다.

지난 토요일, 작정하고 거실 테이블 위에 있는 신문을 펼쳤다. 지나가던 남편이 신문 펼친 것 처음 본다며 깔깔거렸다. 그러거나 말거나 팔랑팔랑 신문을 넘기는데 흥미로운 제목 하나가 눈에 띈다.

세상을 탓하기 전에
방부터 정리하라

_〈중앙일보〉, 2018년 11월 3일자

그날 저녁, 공원에서 열심히 킥보드를 타고 온 아이가 초저녁부터 잠든 사이 옷 정리를 시작했다. 낮에 본 신문 제목 때문만은 아니었다. 옷장이 터져나갈 것 같은데 입는 옷은 한정적이다. 이럴 바에야 과감하게 안 입는 옷은 정리하자 싶었다. 옷장에서 거침없이 옷을 꺼냈다가 미련이 남는 옷을 손에 쥐고 봉투에 넣었다 뺐다를 반복하다 보니 100리터짜리 쓰레기봉투 다섯 개 정도(무려 64킬로그램) 분량의 옷이 나왔다.

정말 미스터리한 것은 이만큼 버릴 게 나왔으면 옷장 한 칸 정도는 텅 비어야 하는 게 맞는데 그렇지 않았다. 그렇다면 얘네는 다 어디 있었던 것일까?

약 네 시간에 걸쳐 무념무상으로 옷을 정리하면서 낮에 본 기사 제목이 다시 떠올랐다. 참 단순한 사실인데 그러고 보니 그러네. 따지고 보면 세상을 탓하는 것과 방을 정리하는 것의 차이는 말만 하는 것과 행동하는 것의 차이 아닐까?

내 방을 치우는 것은 당장 할 수 있는 일이다. 물론 아무 말 하지 않고 있는 것도 문제지만 불평을 쏟아낸다고 해서 해결되는 것은 아무것도 없으니까. 옛날에 한창 세상에 불만을 품고 뉴스를 보면서 투덜대는 나를 보며 엄마가 "그럴 시간에 네 방이나 청소해!"라고 했는데(역시 우리 엄마)….

막상 하면 이걸 왜 시작했나 싶어지지만 끝이 나면 정리만큼 개운한 것도 없다. 방 청소도 당장 시작하기 어렵다면 휴대폰에 쌓인 문자 메시지나 메일을 지워보는 건 어떨까? 꽤 홀가분하고 개운해지는 걸 즉시 확인할 수 있다.

카피라이터를
홀리는 카피

누가 볼까 봐 창피했지?

얼마 전 해방촌에 있는 독립 서점에서 강연을 했다. 질의응답 시간에 책방 직원이 이렇게 물었다.

"요즘은 책방도 광고에 신경을 쓰지 않을 수 없어 책을 홍보하는 카피 쓰는 데 많은 시간을 할애해요. 어떻게 하면 잘 쓸 수 있을까요?"

어려운 질문이었다. 책을 판매하는 카피는 써본 적이 없어 뾰족한 답이 떠오르지 않았다. 그런 나를 보고 그 직원이 나는 어떤 카피에 이끌려 책을 사는지 물었다. 그것에 관해선 곰곰이 생각할 것도 없었다.

"저도 마찬가지로 '책을 손에서 놓지 못했다!', '절대 밤에 읽지 마라', '평일에 읽지 마라' 이런 것에 끌려서…."

최근에 산 책《이야기를 이야기한다》의 띠지에는 이런 카피가 적혀 있다.

100만 독자를 사로잡은 정유정의 소설
이렇게 쓰여졌다!

이런 걸 어떻게 안 읽나? 카피라이터니까 뭔가 일반적인 카피에는 유혹되지 않을 거라 생각했는지 내 대답을 들은 사람들이 재미있다는 듯 웃었다. 진짠데, 나는 누구보다 그런 말에 잘 홀리는 사람이다.

◇ ◇ ◇

누가 볼까 봐 창피했지?

그렇다. 창피하다. 아니, 창피했다. 대답이 과거형인 이유는 해결책을 찾았기 때문이다. 바로 이 카피의 제품을 샀다! 아, 이렇게 내 속마음을 그대로 옮겨놓은 듯한 카피라니. 글로 물건을 사게 만드는 직업인 나조차 카피의 유혹에 당해낼 대책이 없다.

발뒤꿈치 각질에 유독 예민한 나는 정말 가지각색의 해결책을 시도해보았다. 면도기처럼 생긴 기계로 각질을 갈아버리는 건 물론 강판처럼 생긴 파일로 수동으로 발뒤꿈치를 직접 긁어내거나 발가락 양말처럼 생긴 봉지(수분크림 같은 게 들어 있다)를 신고 잠을 자거나 발뒤꿈치만 감싸는 실리콘 패치 같은 걸 써보기도 했다(개인적으로는 패치가 가장 효과적이었다).

이렇게까지 발뒤꿈치에 신경을 곤두세우는 이유는 당연히 창피해서다. 여름에 예쁘게 샌들을 신었는데 발뒤꿈치에 허옇게 각질이 일어나 있으면 눈살이 찌푸려진다. 겨울에 거칠거칠한 발 그대로 스타킹을 신으면 긁혀서 올이 나간다. 누가 볼까봐 창피했냐고 묻는 이 카피를 보는 순간 마음이 확 놓이면서 이 제품은 꼭 사야겠다는 생각이 들었다.

이 제품은 각질을 없애기보다 감추는 것에 가까운 크림이다. 바셀린을 단단하게 뭉쳐놓은 것 같은 색과 제형으로 향은 복숭아 향. 디자인도 발뒤꿈치에 바르기 좋게 곡선으로 처리되었고 휴대하기 쉽게 작았다. 완벽히 마음에 든 이 크림을 양쪽 발에 발랐다. 후기에서 본 대로 끈적임이 적고 즉각적인 효과를 볼 수 있었다. 다년간의 스트레스에서 비로소 해방된 기분이었다.

손가락이
쑤시는 게 비 오겠네

정말 관절로 날씨 맞추는 사람들의 몸

;

어릴 때, 일주일에 두세 번은 엄마가 다리를 주무르라고 부탁을 가장한 명령을 내렸다. 무거운 우유 상자를 옮겨야 했던 엄마는 내 앞에 엎드린 채 종아리를 주무르거나 허리를 밟게 했다. 손가락 마디마디가 쑤시다며 작은 나의 손으로 자신의 손을 조근조근 주무르게 하기도 했다.

그게 너무 싫었던 나는 어떻게든 엄마의 주무르기 명령을 피하고 싶었다. 왜 그렇게 싫었을까? 돌이켜 생각해보면 일단 남의 몸을 주무르면 내 손이 아프다. 아이의 손으로 어른의 몸을 주무르는 게 녹록하진 않았을 것이다.

무엇보다 엄마가 아픈 게 싫었다. 여장군처럼 씩씩한 엄마는 밖에서는 활동적인 여성이었지만 집에서는 늘 피곤하고 아파

했다. 어릴 때는 다른 엄마들처럼 부드러운 이미지가 아닌 강한 이미지의 엄마가 싫었다.

엄마의 관절염은 비가 오면 유독 심해졌다. 비가 오거나 눈이 오거나 날이 궂을 땐 빼도 박도 못하고 엄마의 몸 이곳저곳을 주물러야 했다.

지난 주 금요일 퇴근길 지하철을 탔다. 일주일의 마지막이라 그런지 발걸음이 축축 처지고 여기저기 쑤시기 시작했다. 허리가 끊어질 것처럼 아프고 무릎은 물론 손가락, 발가락까지 조짐이 좋지 않다. 출산 후 몸조리 잘해야 한다는 사람들의 말을 제대로 듣지 않아 몇 배로 고생 중이다.

신기한 능력도 생겼다. 통증으로 날씨를 맞출 수 있는 재주다. 토요일 오전, 비 내리는 창밖을 서글프게 내다보며 나는 이렇게 혼잣말을 한다.

"비 오려고 그렇게 쑤셨구나…."

그 옛날 우리 엄마가 하던 말을 내가 그대로 하고 있었다. 뒤따라 터지는 한숨은 자동반사라 어떻게 막을 수 없다. 괜히 서글퍼지는 이 능력에 관한 카피를 얼마 전 출근길 지하철 광고판에서 우연히 마주쳤다.

정말 관절로
날씨 맞추는 사람들의 몰

'정말'이란 단어가 이토록 가슴 시리다니. 무릇 카피란 이렇게 사람의 마음을 후벼파야 제 몫을 톡톡히 하는 거다.

엊그제는 네 살짜리 아들에게 "이리 와서 엄마 어깨 좀 주물러봐."라고 말했다. 그러자 아이는 1초의 망설임도 없이 대답했다.

"싫어."

세 살 때까지만 해도 아장아장 걸어와 고사리 같은 손으로 내 어깨를 토닥토닥 두드렸는데 한 살 더 먹으니 싫단다. 기가 막혀서 "엄마한테 혼난다!"라고 소리를 빽 지르고 말았다. 아이는 울 것 같은 표정으로 다가와 성의 없이 어깨를 몇 대 툭툭 친다.

순간적으로 과거의 나와 엄마가 머릿속에 둥실 떠올랐다. 싫다고 뺀질거리지 말고 좀 더 열심히 주물러줄걸. 억지로 1분 정도 주무르면 엄마는 "우리 작은 딸밖에 없네."라고 뭐 대단한 소원 성취해준 것마냥 환하게 웃었는데. 그런 말이 있다. 우리가 어릴 때 기억하지 못하는 건 아이를 키우면서 알게 하기 위함이라고. 내 아이를 보며 엄마를 떠올린 밤이었다.

언제나 아들이
최고인 세상

그럼 사위가 으뜸이지!

;

나는 추석 당일 아침에 친정에 가서 아버지의 차례를 추도식으로 간소하게 지낸다. 내가 보기에는 전혀 간소하게가 아니지만 엄마는 늘 '간단하게'라고 말한다. 음식 차려놓고 기도하고 잔을 올리는 이상한 차례. 여하튼 우리는 상 주변에 둘러 앉아 엄마의 기도를 눈 감고 듣는다.

"하나님 아버지, 한국 고유의 명절 추석을 맞아 이렇게 음식을 차렸습니다."로 시작하는 엄마의 기도 레퍼토리는 매년 약간의 울먹임이 담겨 있다. 이 울먹임에는 아빠에 대한 그리움보다는 자신의 한이 서려 있다. 그 기도는 자식 이야기로 이어지는데 올해 유독 엄마의 기도가 못마땅했다.

"우리 첫째 사위 늘 건강하게 하는 일 잘되게 해주시고 술과의 전쟁에서 승리할 수 있도록…."

엄마는 형부가 영업하느라 술자리가 잦은 걸 늘 걱정한다. 그로 인해 언니가 받는 스트레스는 딱히 걱정 안 하시는 듯.

"둘째 사위 새로운 직장에서 뱀의 꼬리가 아닌 머리가 될 수 있도록…."

생각보다 이직이 잦은 둘째 사위를 향한 일관된 '머리와 꼬리' 레퍼토리.

"끝으로 똑소리 나는 두 딸의 건강을 돌봐주시옵고…."

딸에 관한 건 이걸로 끝. 엄마가 '아멘'을 외침과 동시에 나는 발끈했다.

"엄마는 우리 아빠 추도식에 왜 사위 기도를 먼저 해?!"

그랬더니 엄마는 이렇게 말했다.

그럼 사위가 으뜸이지!

어이가 없다. 너무 속상하고 짜증났다. 엄마의 관심은 오로지 사위, 그중에도 큰 사위뿐이다. 형부가 나이도 많고 우리 집에서 거의 가장 노릇을 하고 회사에서 위치도 좀 있고 돈을 많이 버는 이유도 뭐 빼놓을 순 없겠지만 엄마는 어떻게 두 딸보다 사위를 먼저 걱정할 수 있는지. 이건 사위가 잘돼야 딸이 잘 산다는 너무나 옛날 사고방식 아니던가. 우리 엄마가 이렇게 시대에 뒤떨어졌었나.

나는 남편과 연봉이 비슷하다. 책을 쓰고 강연을 하는 돈을 합친다면 그보다 내가 더 벌면 더 벌었지 적게 벌지는 않는다. 너무 열받아서 엄마한테 막 뭐라고 했더니 옆에서 듣고 있던 남편은 왜 명절만 되면 더 예민해지냐고 한마디 거든다.

남편은 요즘 내가 젠더 이슈에 관한 이야기를 꺼낼 때마다 예민해지지 말라고 한다. 당사자인 내가 예민하지 않으면 누가 예민하란 말인가. 자신의 아내는 그런 불만 없이 아주 만족하며 살고 있는 줄 아나본데, 그럴 리가.

지금 존재하지 않는 아빠에게 하는 기도 따위가 뭐라고 그렇게 발끈했을까? 아빠가 정말 하나님이라도 되나? 하나님 옆에 앉아서 우리 기도를 다 들어주기라도 하나? 그냥 무시하고 덮어놓고 넘어갈 걸 그랬나? 하지만 지금도 그때를 생각하면 할수록 뇌 어딘가에서 부글부글 끓는 소리가 나는 것만 같다. 어딜 가나 아들이 최고인 세상. 나도 아들을 가진 엄마지만 정말 지긋지긋하다.

그 족발집은
왜 지나치는 사람을
향해 말할까?

당신은 지금 대한민국 최고의 족발집을 그냥 지나치고 계십니다 최근 출근길에 있는 건물에 족발집 하나가 문을 열었다. 원래 그곳은 칼국수집이었다가 팥죽집이었다.

건물이 도로에서 안쪽으로 들어간 곳은 장사가 잘 안 된다. 고등학교 때 다니던 미술학원이 그렇게 안으로 쑥 들어간 건물에 있었다. 우리 미술학원을 비롯, 그 건물의 이불 가게, 컴퓨터 가게, 식당 등 모두 다 망했다. 이 족발집 자리도 마찬가지다. 도로에서 안으로 들어가 있다. 그래서 장사가 잘 안되니까 칼국수, 팥죽 그리고 족발집이 된 거다.

이른 아침 버스에 올라타 창밖을 멍하니 바라보았다. 그 족발집에 현수막 하나가 걸려 있었다.

당신은 지금
대한민국 최고의 족발집을
그냥 지나치고 계십니다

버스를 타고 휙 지나가는 순간 목을 돌려가며 그 문장을 읽었다. '축 개업' 같은 말이었다면 그러려니 하고 지나쳤을 것이다. 당신은 지금 대한민국 최고의 족발집을 지나치고 있다니, 안양 (촌)구석에서 보기 힘든 센스 있는 발상의 현수막이다.

보통 신장개업을 하면 식당에 들어오는 사람을 향해 말을 거는 내용의 현수막을 걸기 마련이다. '어서 오세요, 대한민국에서 가장 맛있는 ○○ 족발집입니다. 정성으로 모시겠습니다' 식의 문구. 그런데 이 현수막은 특이하게 들어오는 사람이 아닌 지나가는 사람을 상대로 말했다. 족발집의 위치가 도로변이라 그랬을까? 현수막의 내용을 쓴 사람의 의도가 어찌되었든 '지나가던' 내가 읽었으니 성공이다.

문장을 곱씹어보니 한편으로는 주인이 장사가 잘되지 않을 것을 예감한 게 아닌가 싶은 생각도 든다. 원래 이 터가 장사가 잘 안 돼서 계속 바뀌던 자리인 걸 감안하고 지나가는 사람을 향해 말을 건 것은 아닐지. 사실 '대한민국 최고의 족발집'이란 문구에 '정말 그렇게 맛있어? 그 맛이 궁금하다'는 생각은 들지 않는다. 정말 대한민국 최고의 족발집이라면 지나치는 사람을 향한 현수막은 쓰지 않을 게 분명하니까. 그렇게 맛있다면 어떻게든 찾아가기 마련이다.

보고 마는 글이 있고 읽게 만드는 글이 있다. 족발집의 현수막은 읽게 만든 글이었다. 그냥 지나칠 수 있는 길목에서도 '어? 저기 뭐라고 써 있는데, 그게 뭔가 나한테 하는 말 같아'라는 생각이 들게끔 쓴 것이다. 이번에 지나치느라 못 읽었다면 다음에 지나갈 땐 반드시 읽을 것이다. 역시 고수는 곳곳에 숨어 있다.

예리하게 지리를 분석하고 심리를 건드린 현수막 덕분인지, 족발의 맛 때문인지는 모르겠지만 요즘 그 족발집은 이전의 팥죽집이나 칼국수 가게보다 잘되는 게 분명하다. 나는 아직 맛을 보진 못했으나 버스를 타고 '지나칠 때' 가게를 쓱 보면 테이블의 절반 이상은 사람들로 채워져 있기 때문이다.

내 마음을
훔쳐본 한 줄

버스에서 미리 주문하면 기다리실 필요가 없습니다

;

학창시절부터 지금까지 여전히 버스를 탄다. 요즘엔 평일 하루에 두 번 버스를 탄다. 출근할 때와 퇴근할 때. 지하철보다 타는 시간이 그리 길지 않은 편이라 자리가 있어도 주로 서 있다. 그날도 버스에 타자마자 곧장 내리는 문 쪽으로 가 손잡이를 잡으려 팔을 뻗었는데, 이런 문구를 딱 마주쳤다.

어깨 통증으로
손잡이 잡기가 힘드세요?

간신히 팔을 올려 손잡이를 잡고 마땅히 눈을 둘 데가 없어

멍하니 위를 쳐다봤는데 시선이 딱 마주치는 곳에 이런 광고 카피와 함께 병원 이름과 주소 그리고 전화번호가 적혀 있다. 아, 깜짝이야! 뭐야, 어떻게 알았지? 나 어깨 아픈 거? 팔 올리기 힘든 건 또 어떻게 알았대? 버스 광고 참 영악할 정도로 영리하고 세심하다. 환자의 일상에 가까이 다가가 그들이 언제 아플지 정확하게 간파한 병원(광고는 광고회사에서 만들었겠지만)을 신뢰하지 않을 수 없다.

◇ ◇ ◇

얼마 전에는 일반버스가 아닌 마을버스를 탔는데 하차 문 옆에 이런 카피의 치킨집 광고가 있었다.

버스에서 미리 주문하면
기다리실 필요가 없습니다

출출하고 허한 시간인 저녁 여섯 시경, 이 문구를 보고 나도 모르게 '그렇지, 그렇다면 지금 시켜야겠군' 하면서 휴대폰을 꺼낼 뻔했다.

버스는 아니지만 금요일 저녁에 퇴근하는 지하철에서 치킨을 주문해본 적이 있다. 보통 주문하면 한 시간 남짓 걸리기 때문에 지하철을 타고 반 정도 갔을 때 주문하면 얼추 도착 시간과 맞는다.

지하철에서 입을 가린 채 조용조용 "날개 후라이드랑 맥주요."라고 치킨집에 전화를 걸어 주문을 했는데 내 옆에 앉은 여자도 전화로 치킨을 주문하는 걸 보고 묘한 동질의식을 느꼈다. 역시 불금에는 치킨 아니겠습니까?

생각보다
가까운 거리야

주말에는 운전대를 놓자!

；

오전 여덟 시쯤 회사에 도착하면 이런저런 정리를 하고 받은 편지함을 살펴보다가 자연스럽게 단골 쇼핑몰에 들어간다. 살이 좀 쪘는데 허리가 밴딩으로 된 리넨 바지를 하나 살까? 체크 원피스 예쁜데? 여름도 되고 했으니 가죽 샌들을 하나 살까? 돈도 없는데 참 살 건 많다.

클릭하며 눈요기를 하는데 휴대폰 메시지 창이 깜박인다. 대구에 사는 나의 절친 J다. 가끔 이렇게 오전 아홉 시 전에 J와 메시지를 주고받는다. 대부분 내가 아닌 그녀가 물고를 먼저 트는데 앞뒤 정황 없이 이런 식이다.

"내가 아주 죽겠다. 할 일이 너무 많아서 아침에 출근하기 전에 이불 커버 좀 벗겨놓고 나가라고 했더니 입을 삐죽거린다. 내가 이불을 빨아달라고 했냐, 널어달라고 했냐."

나도 아무렇지 않게 대꾸한다.

"아우, 진짜. 그래서?"

"한마디 했더니 깨갱이지. 왜 집안일은 다 내 몫이냐고!"

"야, 내 말이. 내가 아주 머리가 아파 죽겠다. 나도 시키는 것만 하고 살면 편하지. 애 어린이집에 가져가야 하는 거 남편이 단 한 번이라도 챙겨본 적 있는 줄 알아? 아니, 나는 직장 안 다니나? 왜 그걸 당연하게 생각하느냐고!"

봇물 터지듯 남편들 뒷담화를 하다가 J가 어린이집 차 올 시간이라며 아무렇지 않게 대화를 끝낸다. 그럼 난 또 아무렇지 않게 업무로 돌아간다. 우리 늘 이런 식. 이 패턴에 섭섭하지 않고 허전해하지도 않는다. 다른 날이면 또 아무렇지 않게 그날의 대화가 시작될 테니까.

◇ ◇ ◇

5월의 어느 날, 그날도 아침부터 남편 흉을 좀 보고 자식들 크는 이야기를 주고받다가 찬물에 발을 확 담그듯 내가 말했다.

"안 되겠어. 이번 여름에는 꼭 너한테 갈래!"

J와 나는 J가 아이를 낳기 전 만난 후 한 번도 만나질 못했다. 그 아이가 벌써 여섯 살이다. 매번 한 번 보자, 올여름에는, 올가

을에는 꼭 봐야 해 다짐만 하곤 서로 사는 게 바빠 차일피일 미루기만 했다. 그날은 갑자기 J와 그녀의 딸이 너무 보고 싶었고 내 아들을 J에게 보여주고 싶은 마음이 간절해졌다. 더는 안 되겠다 싶어 지금 날짜를 잡아버리자고 말했다.

"6월 15일 어때? 너만 괜찮으면 아이 데리고 대구에 갈게."

J는 '무조건 오케이'라며 오기만 하면 식사, 잠자리 무한제공이라고 함께 호들갑을 떨었다.

대화를 마친 나는 바로 기차표를 끊었다. 이번 여행은 남편 빼고 아이와 나 단둘이 갈 계획을 세웠다. 그렇게 기차표까지 끊어놓으니 그 설렘이 두 배가 되었다.

◇ ◇ ◇

시간은 후딱 흘러 여행 당일이 되었다.

"내일은 엄마랑 단둘이 기차 타고 대구 사는 J이모 집에 갈 거야. 신나지?"

네 살 아들은 기차를 탄다는 것만으로도 기쁜지 빨리 가자고 재촉했다. 기차 시간은 열두 시 사십 분인데 아들은 눈을 뜨자마자 어서 기차 타러 가자고 발을 동동 굴렀다. 전날 미리 짐을 챙겨놓긴 했지만 집에서 광명역까지 택시로 이십 분이면 가는데 집에서 열 시에 나가는 건 좀 아닌 것 같았다. 하지만 현관에서 신발까지 신고 나를 재촉하는 녀석을 감당할 수 없어 '에라, 모르겠다' 하고 집을 나섰다.

기차역에 있는 식당에서 아침을 해결하고도 한 시간 삼십 분이 남았다. 빨리 기차를 타자는 아이를 간신히 진정시키고 카페에 갔다. 아이가 먹을 망고 주스와 내가 마실 아이스 카페라테를 주문하고 테이블에 앉았다. 어쩔 수 없이 아이에게 휴대폰으로 영상을 보여주며 시간을 때우기로 했다.

어쨌거나 드디어 가는구나. 뭐가 그리 바쁘다고, 기차 타면 두 시간이면 가는 거리를 왜 몇 년 동안 그리워만 하며 살았을까? 내가 이렇게 움직이면 그만인데. 기차 시간을 기다리며 '앞으로는 이렇게 살지 말아야지'를 몇 번이나 다짐했는지 모른다. 보고 싶은 사람은 보면서 살아야지. 해외에 사는 것도 아닌데 만나러 가길 왜 그렇게 두려워했나.

우리는 열두 시 사십 분 동대구로 가는 기차에 몸을 실었다. 창가 자리에 아들을 앉히고 작은 여행 캐리어를 아이 의자 발밑에 밀어넣었다. 빠뜨린 것 없나 주변을 살피며 의자에 앉아 괜히 콩닥거리는 가슴을 달래려 할 즈음 앞자리 의자 등받이에 걸린 문구가 자연히 눈에 들어왔다.

주말에는
운전대를 놓자!

아이가 어렸을 때는 남들에게 피해를 주느니 고생을 하더라도 차로 이동하는 게 편했다. 그렇다 보니 주말에 짧게 여행이라도 갈 때면 반드시 남편이나 내가 운전대를 잡았다. 오래전 중학교 동창인 친구가 네 살까지만 참으라고 했던 게 생각났다. 그때 되면 정말 편해진다고. 정말 그랬다.

운전대를 놓은 주말, 기차는 달리고 달려 J가 있는 동대구역에 무사히 도착했고 친구는 딸과 함께 마중을 나와 있었다. 거의 7년 만에 만난 우리는 이산가족 상봉하듯 껴안으며 까르르 웃었다. 처녀 때 마지막으로 보고 이렇게 딸 하나 아들 하나 끼고 만난 게 어이없이 웃겨 다시 한 번 깔깔깔 웃었다.

| 참고 도서 |

박산호, 《어른에게도 어른이 필요하다》 (북라이프, 2018)
김의경, 《쇼룸》 (만음사, 2018)
이다혜, 《처음부터 잘 쓰는 사람은 없습니다》 (위즈덤하우스, 2018)
백영옥, 《그냥 흘러넘쳐도 좋아요》 (아르테, 2018)